雅藏岭南

诗词里的岭南

《雅藏岭南》编委会 编著

南方日报出版社
NANFANG DAILY PRESS
中国·广州

图书在版编目（CIP）数据

诗词里的岭南 / 《雅藏岭南》编委会编著. — 广州:南方日报出版社, 2024.6
（雅藏岭南）
ISBN 978-7-5491-2743-6

Ⅰ. ①诗… Ⅱ. ①雅… Ⅲ. ①古典诗歌－诗歌欣赏－中国②文化史－广东 Ⅳ. ①I207.2②K296.5

中国国家版本馆CIP数据核字(2023)第194423号

SHICI LI DE LINGNAN
诗词里的岭南

编　　著：《雅藏岭南》编委会
出版发行：南方日报出版社
地　　址：广州市广州大道中289号
出 版 人：周山丹
出版统筹：阮清钰
责任编辑：严文玮
封面设计：二间设计
内文设计：邓晓童
责任校对：阮昌汉　熊丽思
责任技编：王　兰
经　　销：全国新华书店
印　　刷：雅昌文化（集团）有限公司
开　　本：889mm×1194mm　1/24
印　　张：9.25
字　　数：200千字
版　　次：2024年7月第1版
印　　次：2024年7月第1次印刷
定　　价：68.00元

投稿热线：（020）87360640　**读者热线：**（020）87363865
发现印装质量问题，影响阅读，请与承印厂联系调换。

总序

寻找岭南的『雅藏』

岭南文化一直是我社的“主攻方向”之一，“塑造岭南文化活力库”就是我们所致力打造的“四库”之一。二十多年来，我们立足广东，策划出版的岭南文化图书已粲然可观。近年来，无论是聚焦介绍现当代文艺名家的“岭南文艺百家”丛书，还是立足人文湾区文化名片的“人文湾区 岭南三秀”丛书，抑或是讲述岭南特色非遗的“粤雅小丛书”，又或者是散点透视岭南地方文化的“广东新语”书系，都可见我们的努力和创意。我们不是要做文库、大典类的高头大部，也不求学术著作那样的体大思精，而是能适应这个时代阅读新体验的普及性读物，短小轻巧、通俗好读，不会让人望而生畏，而是即之可亲，充满年轻态，有活力，能推动传统岭南文化的创造性转化和创新性发展。

策划这套岭南文化丛书之初，我们的编辑就为这尚在腹中的胎儿“肇锡”了颇多“嘉名”——“古雅岭南”“大雅岭南”“世说岭南”“走读岭南”，诸此种种，“雅藏岭南”的选项也侧身其中，但大家总觉得应该还有更好的在后头，于是又经历了一番众里寻他，蓦然回首，最后选择了“雅藏岭南”作为丛书名。

或许，“雅藏岭南”从开始就已经注定不太可能是“第一眼美女”。但我们希望通过一些努力和创意，她可以是那种相对“耐看型的美人”，能有其独特的韵味和风华，能耐得品评，亦值得回味。

“雅藏岭南”，顾名思义，就是岭南这地方“藏”着“雅”，亟待挖掘、梳理，供人欣赏、品味。然而如果再品评、回味，倒能咂摸出另一番味道。因为“藏”字，除了较为通行的潜藏、隐藏之意外，其实还有矿藏、宝藏的另一解释。如此，一个特别的概念也便呼之欲出了——“雅藏”。

何为“雅藏”？简而言之，就是雅之宝藏，也可谓为雅之无尽藏。雅是中国人的独特美学，与俗相对，共同构成审美的两极。但在我们看来，“雅藏”不应与世俗有着截然的分野，它所涵括的范围，不应只是文玩、古董、艺术品，博物馆的陈列、收藏家的雅好，或者其他一切文学艺术审美范畴，而应该有其更广大的时空，是千百年来生长于斯的岭南先贤的创造凝结，是与世俗相融、为大家日用而不觉的美学传统，它并不深思高举，超然远引于世俗之外，而是在与世推移中从尘俗里开出的花、结出的果。

循着这个思路，重新寻找岭南的“雅藏”，并通过这些“雅藏”去回溯或还原曾经的岭南，这正是这套丛书的价值和意义。

“雅藏岭南”，也可以说是“岭南雅藏”，它孕育于南粤大地之上，蕴藏于岭南文化之中，也便打上了其深刻而鲜明的烙印。它既有古今传承的印记，更有中西交汇的痕迹；既有革故鼎新的精神，又有雅俗共赏的气质，由此形成了古今传承、中西交汇、推陈出新、艺俗相融的“岭南雅藏”。

“雅藏”何其多，势必难以包囊并举。如前所述，我们的宗旨，从来是不求“大而全”，力求“小而美”。所以我们的“雅藏岭南”，自然不是弥勒佛的乾坤袋，什么都可以往里装；但也不像孙悟空给唐僧画定的小圈子，壁垒森严，生人勿入，它应该更像那金角大王的紫金红葫芦，只有我们能想得到、叫得上名的才往里收。于是最先被“点名”的四个应声入内，就是呈现在大家面前的诗词、古画、古建和节庆。

这四大“雅藏”在岭南大地由来已久，流传至今，它们藏得不深，所处不远，就在当下，就在眼前；有的是耳熟能详、约定俗成的“雅藏”，如诗词、古画，是显性的雅；有的是日用而不觉，却又不可须臾分的“雅藏”，如古建、节庆，是隐性的雅。如果以时空来分别，有的是属于时间之“雅藏”，如节庆、诗词，有的又是空间之“雅藏”，如古画、古建。如以四时品赏而论，则春宜读诗词，可以引雅兴的勃发；夏宜看古画，可以得卧游的清致；秋日晴和，宜赏古建；冬待来年，宜宣节庆。

我们冀望读者们能在诗词里涵泳岭南文学之雅，在古画里品味岭南艺术之雅，在古建里探寻岭南筑造之雅，在节庆里领略岭南风俗之雅。

在这里你尽可做一个穿越时空的旅行者，看见可心的诗词，吟哦涵泳；遇见美丽的绘画，游目骋怀；经过典雅的古建，游览歇憩；逢着热闹的节庆，悦目赏心。但得雅藏如啖荔，不辞长作岭南人。

是为序。

《雅藏岭南》编委会

2024年6月

前言

“今日岭上行，身世永相忘。”（苏轼《过大庾岭》）古人的岭南之行，从跨越大庾岭开始。五岭之南，延绵丘陵，澎湃沧海，激荡着诗人的胸怀；佳果满山，民风质朴，抚慰着诗人的精神。有诗感叹“无地不同方觉远，共天无别始知宽”（曹松《南海》），亦有诗云“日啖荔枝三百颗，不辞长作岭南人”（苏轼《食荔枝二首并引（其二）》）。

岭南，步步是景，处处有诗。

岭南诗词自汉而始，唐宋而勃，明清而兴，佳作纷呈。今天人们所熟悉的，多为客居岭南的诗人作品，实际上这只是岭南诗词中极小的一部分。

东汉时番禺人杨孚所著的《南裔异物志》，被认为是粤诗之始。至唐代诗人张九龄，清澹超旷、委婉深秀、雄直刚健的岭南诗风正式发端。自此以后，岭南诗坛人才辈出，各领一时风骚，逐渐形成具有地方特色的岭南诗派。宋代崔与之，元末明初“南园五先生”孙蕡、王佐、黄哲、赵介、李德，明代“南园后五子”欧大任、黎民表、梁有誉、李时行、吴旦，清初“岭南三大家”陈恭尹、梁佩兰、屈大均，近代梁启超、黄遵宪……岭南诗史纵贯千年，一位位诗人留下不计其数的诗词歌赋。

然而，地域之偏，交通之困，曾经严重地阻碍了岭南诗人与外界的交流。逶迤的五岭阻挡着来自北方的寒流，也隔断了中原和江南流行的文风、诗风进入岭南之路。因此，岭南诗歌长期保持着一种传统的地域风格——雄直诗风，以意境雄直、气势劲厉、音调高亮为特色。清代诗人王士祯曾对岭南诗人程可则说："君乡东粤，人才最盛，正以僻在岭海，不为中原江左习气熏染，故尚存古风耳。"（王士祯《池北偶谈》卷十一《粤诗》）这也正是岭南诗词不为人熟知的一大原因。

今天，我们打开尘封的岭南诗词记忆，探访千百年前的岭南。

本书收录由唐至近代咏诵岭南的诗词100篇，或为土生土长的岭南诗人所作，或为因种种原因客居岭南的异乡诗人所赋，分类呈现诗词里的岭海风光、南国风物、岭南风俗，囊括山川、湖海、胜迹、飞禽、瓜果、花卉、劳作、休闲、节庆等主题，彰显岭南万千气象，传递岭南传统文化之美。

这些诗词，有的描绘了壮阔雄浑的风景名胜，有的记录了鲜活奇特的花果鸟兽，有的传递了务实包容的精神气质……它们用流传了千百年的声音，共同绘就了立体的、多彩的岭南。

让我们跟随诗人的脚步，一起走进诗词里的岭南。

目录

壹 岭海风光

访名山

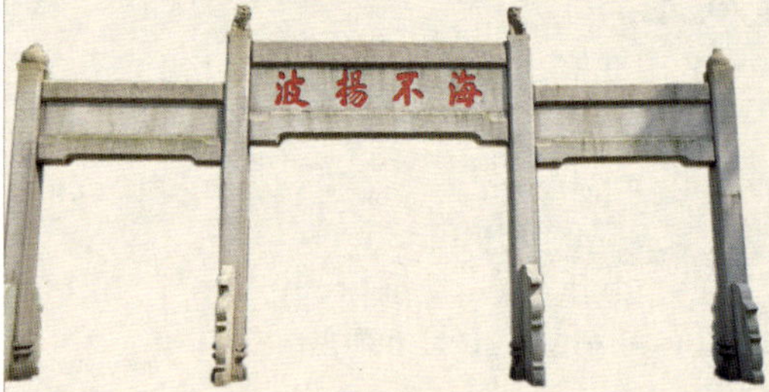

望江海

谒胜迹

贰 南国风物

观飞禽

品瓜果

赏芳菲

叁 岭南风俗

勤日作

消闲时

贺节俗

壹

岭海风光

YACANG LINGNAN

过大庾岭

[宋]苏轼

一念失垢污[1]，身心洞清净。
浩然天地间，惟我独也正。
今日岭上行，身世[2]永相忘。
仙人拊[3]我顶，结发授长生。

【注释】

① 垢污：污秽不洁。
② 身世：自身与世界。
③ 拊：抚摸。

■ 暮春时节的梅岭

■ 梅关古道

五岭横亘于广东和江西、湖南之间，其中大庾岭更是古来南北交通要地。因新旧党争被一贬再贬的苏轼来到了岭南，经历了贬途中的困苦与大庾岭的奇遇，他仿佛参透人生，将放逐看成修炼自我、体悟佛道的一次机会。诗中化用李白诗句“仙人抚我顶，结发受长生”。大庾岭不仅是地理上的分界线，更成了诗人心境的分水岭，似乎要将垢与净、迷与悟在此截然分开。他决心将过往通通抛在岭北，自己荣辱两忘，孑然一身，到那个叫惠州的地方，安身立命。

大庾岭上记录了半部中国贬谪史，唐宋年间最有名的流放地，都在大庾岭的南面。除了苏轼，岭上还走过宋之问、张九龄、寇准、韩愈等名人，许多人没能再回中原。与苏轼的乐观豁达不同，宋之问的《度大庾岭》“魂随南翥鸟，泪尽北枝花”，写得情景交融，将诗人魂断庾岭的情态表现得淋漓尽致；张九龄则留下“数曲迷幽嶂，连圻触暗泉”，描绘出月下大庾岭幽深曲折的夜晚景色。本以为谪居岭南，从此北还无望的苏轼在七年后接到赦免北归的诏令，他重登大庾岭百感交集，写下“梦里似曾迁海外，醉中不觉到江南”，令人叹息。

作为南岭中的“五岭”之一，“南扼交广，西距湖湘，据江西之上游，拊岭南之项背”的大庾岭，既是古代军事的重要隘口，又是中原和岭南的分界线，成为北人南迁的主要通道。大庾岭的腹地部分为庾岭，是汉武帝时庾胜将军筑台建立关隘之地。其要塞段因多梅花，亦称梅岭，唐朝宰相张九龄主持开凿的梅关古道蜿蜒其间，直至今天仍吸引不少游客赏梅游览。

雨行梅关二首（其一）

[宋]李昴英

浓岚四合冻云痴①，水墨连屏②斗崛奇。
冲雨此行风景别，满山翠滴水帘③垂。

【注释】

① 冻云痴：远处的寒云沉沉不动。
② 连屏：一屏接一屏。
③ 水帘：指雨后山间的瀑布。

■ 梅关

■ 梅关古道梅花绽放

早春时节，诗人在南归故乡的路上冒雨经过梅关，这首诗描写的就是他所看到的梅关山景。浓厚的山雾从天地四方聚拢而来，远处的寒云却好像冻结了一样沉沉不动。碧绿的梅关染上了水墨画的颜色，连绵的群山像屏风一样连接，梅关山岭各具神态的奇崛之姿尽收眼底。进入梅关，人和景色拉近了距离，便看到了青山原本的颜色。“风景别”写出雨中风景的差异，从远处眺望觉得“浓岚四合”，从近处细看却见薄薄的水帘，别有一番风情。

该诗虽然是写山关，但字里行间都能使读者感受到诗人刚正的雄壮之气，与梅关相映衬，不仅是写景，更写出了“斗崛奇”的人生态度。李昴英为官正直清廉，不畏强权，多次弹劾权臣贾似道、丁大全等人，宋理宗曾经称他“南人无党”，以表夸赞。晚年他隐居在广州文溪，南下返乡时路过梅关，有感而发，写下了这首诗。

梅关被两座山峰夹住，虎踞在梅岭之上，如同一道城门将广东、江西隔开，是历史上南来北往的重要驿道。宋朝时，人们用砖石修砌路面，在梅岭上修建古朴雄伟的关楼，关楼南北两面门楣嵌有石刻匾额，北门额书“南粤雄关”，南门额则是“岭南第一关”，楼上署有“梅关”二字。明代诗人何维柏有“梅关山色旧，蒲石未寒盟”句，描写这片关山景致。和名字互相映衬的是梅关上的风景，梅关南北两道旁植满了梅树，冬天红梅傲雪，更添非凡气韵，吸引了古往今来的文人墨客前来观景赏梅，吟诗作赋，挥毫刻碑，真可以称得上是“一路梅花一路诗”。

仁化锦石岩

[宋]余靖

巉岩[1]绚烂倚云隈[2]，万玉无香结作堆。
不是虬龙眠铁树，原来假石作根荄[3]。

【注释】

① 巉岩：险峻的山石。

② 云隈：云端。

③ 根荄：草根，比喻事物的根本。

■ 丹霞山

丹霞山位于广东省韶关市东北侧的仁化县，以石英砂岩峰林地貌景观为主要特征，因岩壁陡峭，色红如霞，故有丹霞之称。明末爱国志士金堡削发为僧，法号今释，又称澹归，入丹霞山创建别传寺，自此丹霞山之名益著。

此绝句极写丹霞锦石的绚丽，是古代最早以诗的形式形容丹霞地形、地貌的作品。诗人余靖从北宋宝元二年（1039）七月起丁忧在家，由于不想为仕途劳碌，遂乘闲寄情于山水间，代母还愿拜谒寺院，亦试图用禅学来解脱思想苦闷。康定元年（1040）暮春，他从水路去仁化，先抵丹霞山麓，游览了锦石岩，写下七绝一首。诗中有类比、有联想，将浪漫主义与现实主义糅合在一起，形象地描绘了一种特殊的地貌。

丹霞山腰的锦石岩，尤为奇丽。《广东新语》记载：“从别传寺右折为锦石岩，岩中多石花，如千瓣芙蕖，大小黄白红绿不一，倒生石腹，朵朵可以攀摘，盖钟乳之所为。”

在锦石岩的峭壁之间，“悬挂”着一座僧房佛殿均建于峭壁岩洞中的石窟寺，它就是丹霞山最古老的佛教寺庵——锦石岩寺。相传北宋崇宁年间，法云居士云游至丹霞梦觉关，见锦石岩奇洞胜景，山石“色如渥丹、灿若明霞”，顿觉醒悟，发出“半生在梦里过了，今日始觉清虚”的感叹，遂题“梦觉关”，并开山在此建庵。此后禅房僧院和大雄宝殿逐渐完善，明成化年间，这里已建起伽蓝堂廊房和尼姑寺庵。

■ 锦石岩寺

游阴那山即景

[宋]蔡蒙吉

宫阙天悬绝胜奇，况临①泉石画中窥。
五峰青翠冠攒玉，二水②周回练拂漪。
鱼鸟若能明正定③，猿猴一似发菩提。
沉沉钟声僧闲寂，客亦忘言自得之。

【注释】

①临：从高处往下看。

②二水：指梅江、汀江。

③正定：佛教用语，指一种修行的境界。

■ 阴那山林

阴那山位于广东省梅州市，是梅州首屈一指的胜景名山，人称“粤东群山之祖”。阴那山山势雄奇，峰峦叠翠，冬季山顶有积雪，具有“神山、群峰、奇石、翠瀑、浮云”的特色，故而秀甲潮梅，名播闽粤，与罗浮、南华鼎峙齐名，并称“粤东三胜”。在山巅登高望日出，若云龙吐珠；纵目远眺，可望潮州、汀州和梅州，有“五指峰巅极目舒，白云深处望三州”之说。

历史上，梅州有俗语“相约不到阴那”，意为朋友间相约踏访位于潮梅地区的阴那山，由于路途遥远，跋涉艰难，往往难以一起成行。南宋末年程乡蔡蒙吉曾于阴那山畔读书，流连山色，写下了这首诗，这也是现存的最早吟咏阴那山的诗作。阴那山势雄迈，泉石清奇，美不胜收。山顶有五峰并聚，高耸入云，因形似五指拿云，故称五指峰。山下有梅江、汀江二水相绕，迂回曲折。清幽的深山中，鱼鸟猿猴似乎都有了“佛性”，发起菩提心。山中有始建于唐咸通年间的灵光寺，古寺幽寂，钟声悠远，来往过客悠然自得，心中快意无须言说。

蔡蒙吉是宋末著名的民族英雄和诗人。外敌入侵，他捐家财和薪俸以充军饷，开仓赈济受灾群众。宋德祐二年（1276），元将易正大气势汹汹，攻陷梅州。蔡蒙吉率义军坚持抗战，激战半月多，终因援绝，兵败被俘。后来文天祥收复梅州时，惊闻蔡蒙吉死难，嘉许其忠烈气节，并移其棺柩还葬于梅州，表其坚贞，亲题“忠节乡贤”榜其乡。在任职期间，蔡蒙吉极其注重人才培养，关心地方教育事业，捐献土地，创建松原堡义学，开梅县设义学之先河。

碧落洞

[宋]苏轼

槎牙乱峰合，晃荡绝壁横。遥知紫翠间，古来仙释并。
阳崖射朝日，高处连玉京[①]。阴谷叩白月，梦中游化城[②]。
果然石门开，中有银河倾。幽龛入窈窕，别户穿虚明。
泉流下珠琲[③]，乳盖交缦缨。我行畏人知，恐为仙者迎。
小语辄响答，空山自雷惊。策杖归去来，治具烦方平。

【注释】

① 玉京：道教称天帝所居之处。

② 化城：指佛国。

③ 珠琲：成串的珠玉。

北宋绍圣元年（1094），苏轼被诏责知英州，旋贬惠州，此诗是他在英州逗留时所作，写碧落洞的山水形态，描叙其神奇所在。

山峰高高地挺立，错落不齐，陡峭险峻。苍翠的山峰之间曾经是神仙僧佛隐居之地，山崖耸峙，好像与天帝的住处相连。幽深的山谷映照着月色，缥缈之间有如在梦中游览了佛国，山洞开合之处好像石门从中打开，倾泻下一条银河。洞中钟乳石悬垂，好像串串玉珠，又如缦缨遮掩。碧落洞里幽深静谧，虽然说话声音小但回声响亮，行走其间颇有“不敢高声语，恐惊天上人”之感。

作为罕见的穿山岩洞，碧落洞内刻满古文，万燕出没，为广东省内一绝。其秀色和仙道文化吸引了许多文人前来游览，赏景赋诗。两侧峭壁上，存留自五代南汉明孝帝刘晟以来历代题刻127篇，历经1000多年而完好无损，是非常珍贵的历史文物。从

高剑父《碧落洞》

唐代乾符六年（879）第一方石刻起，至民国三十六年最后一方止，时间跨度为1068年。摩崖石刻分散文和古体诗两类，较为珍贵的除了本诗，还有唐末周夔的《到难》篇、南汉钟允章的《盘龙御室记》和宋代苏过的《题英州碧落洞》等。

碧落洞在广东英德城南约十公里燕子岩南端，是颇具特色的“穿洞”，即“洞中有洞，穿洞而过；洞旁有洞，直通山顶”。其前后有两个洞口，有水自后山来，流经洞底，至前洞下注为溪，“碧落”之名因此而来。碧落洞真正留名青史，与五代时期的南汉皇帝刘晟分不开。乾和七年（949）十二月，刘晟巡游英州，在碧落洞设行宫，并题词“云华”和“碧落”，一说“碧落洞”名由此而生。

游罗浮

[明]湛若水

闻歌一夜动幽怀①，直踏飞云②万丈崖。
翠霭浮云白日暝，虹桥有路青天来。
三月二月春之半，千山万山花正开。
笑问仙源杳何许？云涛浩浩不堪裁③！

【注释】

① 幽怀：寻幽探胜的情怀。
② 飞云：飞云顶，罗浮山主峰。
③ 裁：减。

前人记述游山的诗作，大多喜欢细致地描写景物，一水一石，一花一草，摹形状物，常常流于琐碎。但此诗却从大处着笔，一气直下，徐徐铺展诗人游览罗浮山的画卷。诗人听到歌声，夜里动了游山的念头，清晨时直登上飞云顶的万丈高崖。青翠的山气浮在半空中，白日也显得昏暗了；虹桥有路通向山顶，青天好像迎面而来。山上

罗浮山华首古寺

四季皆春，二三月间山花盛开，满山如铺锦绣。在山上难觅仙居，唯有满眼如波涛的云雾而已，无法拨开。

诗人湛若水少年时期师从广东著名学者陈献章，后与王阳明同时讲学，各立门户。在继承陈献章学说的基础上，他以“随处体认天理”为宗，提出“为学先须认仁，仁与天地万物为一体”的理念，创立了“甘泉学派”，自成理学的一大门派，与王阳明的“阳明学”被时人并称为“王湛之学”。湛若水在全国各地创办书院近40所，弟子多达数千人，遍布大江南北，促进了明代心学的发展与繁荣。他也在广东境内广设书院扶持后学，有力地推动了岭南文化的发展进程。

罗浮山位于广东省惠州市博罗县的西北部，是我国道教十大名山之一，岭南道教发祥地。东晋葛洪曾在此修道炼丹，著书阐扬道教理论。罗浮山在佛教也很有地位，天竺僧智药入罗浮山，是为印度僧人进入罗浮之始，其后又有头陀僧景泰禅师结茅庵于小石楼峰下。历代文人在此多有题咏，李昴英就留有“稚川翁有烧丹灶，景泰师留卓锡泉”。除道、佛两教外，儒学在此也很发达，在南宋时即有官立的豫章书院、静观书院，其后更有不少私人讲学读书的精舍、书堂。

■ 罗浮山白梅

白云山

[明]王渐逵

石巇崚嶒[1]倚碧虚[2]，凭高一望倍踟蹰。
海涛东合地维缺，山势北来天柱孤。
落日层台[3]开霸业，断崖芳草暗王图。
兴亡今古非吾事，惟爱春风长绿蒲。

【注释】

① 崚嶒：山高峻突兀貌。
② 碧虚：青天。
③ 层台：高台。

白云山是南粤名山，位于广东省广州市白云区，风景优美，史迹悠久，有“羊城第一秀”的美誉。白云山层峦叠嶂，溪涧纵横，登高可俯瞰全市，遥望珠江。因白云山在广州城北，与珠江遥遥相对，故有“云山珠水”之语。每当雨后天晴或暮春时节，山间白云缭绕，蔚为奇观，白云山之名由此得来。

此诗写出白云山的奇伟气势，并对岭南历史上割据的地方政权表示轻视。登上白云山四望，诗人感慨徘徊。陆地到此而尽，白云山像一根独立的天柱，在支着南天。落日照着高台遗址，古人曾在这里兴起霸业，可如今只见断崖芳草，昔日的王霸之图都已消歇了。割据征战都无意义，只有白云山和它的美景才能够万古长青，永远被人民喜爱。

■ 白云山摩星岭被誉为“天南第一峰”

白云山自古以来就是广州有名的风景胜地，其中“蒲涧濂泉”“白云晚望”“景泰僧归”等，均被列入古代“羊城八景”，粤人题咏甚多。北宋文豪苏轼曾作“千章古木临无地，百尺飞涛泻漏天”，为世人传诵；南宋李昴英有“瘦蔓相牵根太古，苍崖特立探长天”，极写蒲涧濂泉幽深静远之致；南宋张镇孙有“欲访安期何处觅？药炉丹灶且追游”句，用安期生之典故，为白云山披上一层神秘色彩。白云山有深厚的文化沉淀，相传秦末高士郑安期隐居在白云山采药济世，并在此“成仙而去”。蒲涧水是安期生昔日的居所，秦始皇为求长生，曾派人到此寻访，李太白诗“秦帝如我求，苍苍但烟雾”记载的就是此事。据《广东新语》记载，白云山中还有鹤舒台，传说为安期生升仙之处，“安期（生）昔上升，有白鹤舒翅以迎，故曰‘鹤舒’”。

次樊长文孝廉游鼎湖韵

[明]释一机

浮生闲未得，随步陟[1]湖峰。
径曲疑无地，山深何许松？
花开明远峤[2]，溪响间疏钟。
正好逢僧话，高春逼[3]暮容。

【注释】

① 陟：登高。
② 峤：尖而高的山。
③ 逼：迫近，靠近。

■ 鼎湖秀色

肇庆的鼎湖山，早在唐代就已经是佛教名区，有白云寺、庆云寺等古刹矗立其间，寺中僧人身处秀山好景之中，常作诗吟咏。樊长文游览肇庆鼎湖，作有五言律诗以纪其事，一机和尚乃作此诗以唱和，极写鼎湖山的幽胜。

偷得浮生半日闲，诗人入山，随步即景，湖峰尽在眼前。峰回路转处，柳暗花明又一村，山间钟声夹在溪流声中，掩盖了僧人的低语。

山中不仅有古刹，有美景，更有好茶相伴。《广东通志·物产志》云："顶湖茶：端州之白云山顶有湖，僧人于岩际种茶，烹之作素馨花气，味甘淡而滑，然岁收止石许。"由此大概可见僧人们在山中的闲适生活。

鼎湖山位于广东省肇庆市东北部，因集风景旅游、科学研究、宗教朝拜于一体而被称为“岭南四大名山”之首。鼎湖山之名来源众说纷纭，有说是因山顶有湖，四时不涸，故名顶湖；有说是因中峰圆秀，山麓诸峰三歧，远望有如鼎峙，故名鼎湖；又有民间传说黄帝曾赐鼎于此，故习惯称作鼎湖山。明末清初，诗僧释元觉有“定水呈空色，闲云寄所思”句，既写山川之胜，亦抒乱离之感；肇庆庆云寺内有石刻写道“闻说顶湖梅数点，上人折简报舒英”，为鼎湖山赋予浪漫色彩。

翻开世界植被图会发现，整条北回归线上的陆地几乎全是黄色，大部分被沙漠或干草原所覆盖，唯独我国华南地区例外。由于季风气候的影响，鼎湖山尚保存着具有四百年以上历史的季风常绿阔叶林，故被誉为“北回归线上的绿色明珠”。此外，山上还有以展现中国古代鼎文化为主题的宝鼎园，将中国著名的青铜器鼎、鼎文化与自然和山水文化融为一体。

读书西樵山白云洞（其一）

[清]康有为

瀑流千尺射巃嵸[1]，岩壑[2]幽深隐绿茸[3]。
日踏披云台上路，满山开遍杜鹃红。

【注释】

① 巃嵸：山势高峻貌。

② 岩壑：山峦溪谷。

③ 绿茸：纤细繁密的绿草。

“南粤名山数二樵”，说的就是东樵罗浮山和西樵山。明朝和清朝，包括湛若水、何白云在内的一大批文人相继隐居西樵山，在此探求理学，吟诗作画，使西樵山获得了“南粤理学名山”的美誉。清末康有为曾在此隐居读书，作《读书西樵山白云洞》四首，本诗便是其中之一。诗中描写西樵山胜景：瀑布从千尺高峰倾泻而下，山间山岩突兀，沟壑幽深；山峰如云，步行如披云霞，时节一到，满山尽是杜鹃红。

少年时期，康有为在宋明理学的影响下，鄙弃所谓汉学家的烦琐考据，企图开辟新的治学道路。但因为理学仅言孔子修己之学，不明其救世之学，他学习了一段时间之后，便对理学也不赞成了。后来他开始接触西方文化，在二十二岁那年离开朱次琦，一个人到西樵山白云洞读书，接触了不少经世致用的书，同年又游了一次

■ 白云洞景区内的三湖书院和奎光楼

香港，其间大开眼界。这一年是康有为从中学转为西学的重要开端。光绪二十一年（1895），得知《马关条约》签订，他和梁启超联合1300多名举人上万言书，史称“公车上书”。

西樵山位于广东省佛山市南海区西南部，是一座沉寂了亿万年的死火山，自然风光美不胜收，山上有七十二奇峰、三十六奇洞及大大小小的湖泊、泉瀑和深潭。除了理学文化，西樵山还是以黄飞鸿为代表的南拳文化的发源地，黄飞鸿诞生于此地，苦练武功，修心养性，成为武术界的一代宗师。西樵山大仙峰顶还有西樵山南海观音文化苑，南海观音巨像宏伟壮观，是岭南地区宗教文化的又一鸿篇巨制。

南海

[唐]曹松

倾[1]腾界汉[2]沃诸蛮，立望何如画此看。
无地不同方觉远，共天无别始知宽。
文魮隔雾朝含碧，老蚌凌波夜吐丹[3]。
万状千形皆得意，长鲸独自转身难。

【注释】

① 倾：起伏。
② 界汉：汉朝的边境。
③ 丹：珍珠。

因屡试不第，诗人曹松长期流落在今福建、广东一带，这首诗就是他连年滞留南海时的思归之作。南海波涛侧伏翻腾直至汉朝疆境的尽头，放眼望去，即便是绘画都无法展现南海的壮阔。广袤无垠的海域，千姿百态的景色，令人心生感慨。流落在外，诗人思绪万千，与“得意”的万千形状相对，诗人以“长鲸”自比，写出了自己连年羁留南海所产生的了无终期的归思。

南海位于中国大陆的南方，在汉代、南北朝时被称为涨海、沸海，清代逐渐改称南海。来往多少文人墨客，都在此望洋兴叹，写下不朽诗篇。唐代诗人韩愈被贬潮州，写有“前年往罗浮，步戛南海湄”，记录自己在南海边流连的经历；宋朝诗人杨万里来到南海之滨，写有“南海惊涛卷玉缸，北山野烧展红幢”，既观惊涛拍岸，亦看野烧烟火；宋朝爱国将领文天祥经过南海，留下“朅来南海上，人死乱如麻。腥浪拍心碎，飙风吹鬓华”，生发身世感慨。

南海是西太平洋边缘海南北通道上最关键的枢纽和咽喉，更是太平洋与印度洋之间的海上走廊和中间站。中国自古以来就对南海的主权问题十分重视，明朝通过海军巡辖确立了对南海诸岛及其海域的主权和管辖。清政府将南沙群岛标绘在权威性地图上，对南沙群岛行使行政管辖。雍正年间成书的《海国闻见录》明确把南海诸岛划分为四大群岛，并为以后各类著作所转载。

■ 深圳西涌海滩

过零丁洋

[宋]文天祥

辛苦遭逢起一经①，干戈寥落四周星②。
山河破碎风飘絮，身世浮沉雨打萍。
惶恐滩头说惶恐，零丁洋里叹零丁。
人生自古谁无死，留取丹心照汗青③。

【注释】

① 起一经：精通经籍，通过科举考试。

② 周星：指木星，古人用它纪年，故又称岁星，亦指一周年。

③ 汗青：古时称书简，这里特指史册。

谈起伶仃洋，大多数人会想起爱国诗人文天祥的《过零丁洋》，想起那句从小耳熟能详的“人生自古谁无死，留取丹心照汗青”。这首诗写在文天祥战败被俘的路上，诗人巧妙运用了“惶恐滩”和“伶仃洋”两个地名，把它们和当时的心境联系起来。将“伶仃”化用成“零丁”并不是诗人无心的过错，而是他自身境遇的写照。曾经并肩作战的兄弟身首异处，只有他被敌人俘虏，孤苦零丁；经过四年的征战，百姓们流离失所，他的家人也没有能够幸免，更突显了他零丁的困境。把“零丁”作为题目，既点明了他的境遇，更反衬出他慷慨激昂的爱国热情和视死如归的高风亮节。

文天祥顽强不屈的民族气节感染了一代又一代的中国人，后人将伶仃洋筑成南海

■ 外伶仃岛

中的一道“长城”。民族英雄林则徐为了挽救国民的身体与精神，在伶仃洋北面的虎门大规模销毁鸦片，军民一心，遏制鸦片在中国的泛滥；九龙海战爆发，爱国将领关天培领兵在伶仃洋海面痛击英军，浴血奋战，誓死捍卫国家尊严。

虽然承载了厚重的历史与爱国情怀，但许多人却只是听过“伶仃洋”这个响亮的名字，并不知道它的所在。伶仃洋处在深圳、珠海之间，是珠江入海口之一，占据着十分重要的地理位置。现在的伶仃洋联动了十四城的经济发展，在粤港澳大湾区的怀抱中，实现了生态文明建设与经济建设并行的现代化发展。世界最长的跨海大桥——港珠澳大桥也在其上挺起脊梁，为粤港澳大湾区建设集聚澎湃动能。

入泷州江

[唐]宋之问

孤舟泛盈盈，江流日纵横。夜杂蛟螭寝，晨披瘴疠行。
潭蒸水沫起，山热火云生。猿躩①时能啸，鸢飞莫敢鸣。
海穷南徼尽，乡远北魂惊。泣向文身国②，悲看凿齿氓③。
地偏多育蛊，风恶好相鲸。余本岩栖客，悠哉慕玉京。
厚恩尝愿答，薄宦不祈成。违隐乖求志，披荒为近名。
镜愁玄发改，心负紫芝荣。运启中兴历，时逢外域清。
只应保忠信，延促付神明。

【注释】

① 躩：跳跃。

② 文身国：在皮肤上刺绘出有颜色的花纹或图形的部落。

③ 凿齿氓：古代传说中的野人。

大庾岭是古时南北往来的陆上要道，而罗定江在南北交通的地位也不遑多让。唐中宗李显复位后，昔日受宠的宋之问被贬泷州，写下《入泷州江》一诗。诗人在孤舟上顺流而下，夜晚与蛟龙一起入眠，早晨在瘴雾中前行。一入岭南便有水汽蒸腾，气候炎热，猿猴在山壁间跳跃呼啸，鸢鸟高飞不闻其声，与《水经注》中的“猿鸣三声泪沾裳”有异曲同工之妙。作为武后一朝宠臣，而今被贬，诗人的心情随着地位一落

千丈，前路漫漫充满未知，更令他怀念起旧日的荣宠。虽然被派向“蛮荒之地”，他仍旧怀着东山再起的希望，等待时机。

诗题中将罗定江称为“泷州江”，“泷”是急流之意，罗定江水流湍急，以弯多而著名，故也称“泷江”。罗定江又称“南江”，清代学者将其列为“广东四江”之一，屈大均的《广东新语》中称“西江一道吞南北，南北双江总作西”。唐代张九龄有诗《秋晚登楼望南江入始兴郡路》“潦收沙衍出，霜降天宇晶”，写的就是他登上高楼，望见泛滥的南江淹没始兴郡道路的景象。

罗定江全长201公里，发源于信宜市、高州市和阳春市三市的界山鸡笼山，沿着山势逶迤，越过罗定盆地，自南向北而上，最终在郁南县南江口注入西江。罗定江及其支流是古代楚人南下以及此后中原汉人南迁岭南的主要通道，更是岭南与楚地及中原地区经济文化沟通的一条重要纽带。其相关流域是广府文化与八桂文化的交接地带，也是古百粤文化保存得比较完整的地区之一，构成了一条历史悠久、底蕴深厚的罗定江文化带。

■ 黄少强《泷江搜胜》

浈阳峡

[唐]张九龄

行舟傍越岑，窈窕越溪深。
水暗①先秋冷，山晴当昼阴②。
重林间五色，对壁耸千寻。
惜此生遐远③，谁知造化心。

【注释】

① 水暗：河水深而泛黑色。
② 昼阴：白昼阴暗。
③ 遐远：遥远。

张九龄被贬南下，在赴任途中经过浈阳峡，写下这首诗，描写在故乡峡谷溪流中行舟的情景。首联写峡谷的狭窄、深邃，诗人驾着小船穿过峡谷，紧紧地挨着山壁前进。颔联两句分别写峡谷的山和水：溪水绿得昏暗发黑，尽管未到秋天，水面上已经沁出了阵阵寒意；峡谷两面高山绵延，浓阴把日光

■ 黄宾虹《浈阳峡记游图》

■ 浈阳峡风光

遮蔽，所以晴天也阴森森的，显得越发清幽。峡谷内有千寻峭壁相对屹立，山上层林尽染，五彩缤纷。清幽而壮丽的自然景致，使诗人内心生出一种悠远的情思，他叹息这美景处于荒远的地方，有谁能了解大自然的用心呢？借歌咏景物以寄托自己怀才不遇的感慨，意味尤为深长。

开元末年，玄宗倦于理政，渐渐沉迷享乐，疏远贤人。在小人得志的凶险政情下，张九龄守正嫉邪，刚直敢言，成为安史之乱前最后一位公忠体国、举足轻重的唐室大臣。他反对任用奸佞的李林甫、庸懦的牛仙客为相，以至屡次忤逆玄宗心意，终被罢相。诗人路经此处，不禁为大自然的鬼斧神工所惊叹，也为自己的身世际遇感到惋惜。

浈阳峡位于北江中游，在广东省英德市区南部。其两岸奇峰耸立，峭壁险峻，水势汹涌，为古代水路交通咽喉，兵家战略要地。赵佗在南越称王后，就于浈阳峡下游不远的江口咀筑万人城，屯兵扼险，阻止汉兵南下。此峡又名盲仔峡，有“北江小三峡”之称，以其“秀、奇、险、幻”而闻名，江峡沿岸有九道湾、八丈石、盲仔石、险石等景观，唐以来为英德著名的游览胜地。文人墨客在此留下了不少赞美峡谷风光的诗篇，宋代诗人杨万里咏其“过尽危矶出小潭，回头失却石峰巉”。

登峡山疾风甚雨

[宋]李昴英

长风吹裂碧云堆，卷取银河泻下来。
雨搅犀潭千尺浪，烟迷龙窟一声雷。
松翁偃盖[1]岩隈[2]立，猿女穿萝洞里回。
旧事兰亭好拈出，婆娑[3]溪曲共流杯。

【注释】

① 盖：伞盖。
② 岩隈：山崖弯曲处。
③ 婆娑：盘桓，停留。

清远峡，又名飞来峡，是古代南北交通的主要通道，历代途经的诗人为之吟咏不绝。本诗生动地描绘登峡山遇到疾风骤雨时的情景，境界宏阔，笔调奔放奇丽。

风把碧云吹开一道口子，清远峡水似从那里奔流倾泻，有“黄河之水天上来”之势。急雨搅动起犀牛潭水，激起千尺巨浪，烟雾笼罩着神龙的洞窟，忽然响起一声暴雷。松树树冠倾垂，好像一位老翁持着伞盖站在山岩边。峡山有归猿洞，据唐代传奇记载，广德年间，一个叫孙恪的书生在洛中纳袁氏女为妻，十余年后，同至峡山寺中，袁氏化为雌猿逐伴而去。本诗将实景和典故融在一起，唤起读者对古代神话传说的美妙联想。“旧事”二句化用兰亭雅集典故，取其雅意，从流觞的曲水形态写清远峡曲折婉转的姿态。

■ 清远峡暮色

此峡的特色不仅在于山水奇绝，更在于文物与景观兼具，“风光誉南国，古迹遍峡山”是人们对它的评价。峡谷奇峭幽深，北岸有峡山古寺，又名飞来寺，依山傍水风景清秀，引得历代文人墨客慕名前来，留下不少碑刻及摩崖石刻。苏轼有“天开清远峡，地转凝碧湾”句，明代林士元也在此写下“峡中奇胜拟蓬莱，想是当年欲建台”。整个清远峡内，现存有历代名人碑刻50多篇、摩崖石刻70余处，诗赋300多首，有“飞来峡里藏千胜，历朝诗赋遍山间”之誉。

清远峡南接广州，东连从化，西与三水接壤，峡内的飞霞洞、藏霞洞与锦霞禅院合称“三霞”。飞霞洞位于清远峡北岸之黄牛坑上，为儒、释、道三教合一的寺观；藏霞洞各殿都是鳌顶飞檐，青砖绿瓦，素有“名山洞府”“幽谷藏珍”之称；春暖花开时节，锦霞禅院到处繁花簇锦，灿若明霞，故称锦霞。

珠江春泛作

[清]屈大均

珠水烟波接海长，春潮微带落霞光。
黄鱼日作三江雨，白鹭天留一片霜。
洲爱琵琶风外语，沙怜茉莉①月中香。
班枝②况复红无数，一棹③依依此夕阳。

【注释】

① 茉莉：茉莉沙，在珠江岸边。

② 班枝：木棉树的别名。

③ 棹：船桨，此处代指船。

古代珠江江面开阔，江水澄碧，宋代就曾有人将“珠江秋色”列为“羊城八景”之一。屈大均对于故乡山水的喜爱，是少有人能匹敌的，诗人在春日泛舟江上，作诗描绘广州城下珠江及其沿岸的旖旎风光。雾气茫茫的江面上，霞光点点，江中的黄鱼与天空中的白鹭相得益彰，构成一幅和谐美好的画卷。江中的琵琶洲和江边的茉莉沙，遥相呼应，这一切景致，都将珠江的魅力表现得淋漓尽致，让人难以忘怀。

除屈大均外，为珠江景色倾倒的还有一众文人墨客，明代黄佐有诗《雨后珠江登望》，写“珠江烟水碧濛濛，锦石琪花不易

逢”“越女未知摇落早，轻舟何处采芙蓉”，记录珠江畔如画的风景与如花的女子，清丽脱俗；清代朱彝尊有《夜泊珠江》诗，写“潮涌牛栏外，舟停疍户旁。月高人不寐，隔浦是歌堂”，描画月色笼罩下浪潮轻推，声色动人的珠江风情；清代薛起蛟亦写有《珠江春泛》，“芜生近岸潮痕绿，霞映前川夕照黄。醉击空明忘去住，浪吟多是酒人狂”，写潮痕青绿，夕照昏黄，醉酒当歌，少年轻狂。

珠江又称粤江，是西江、北江、东江的总称。它发源于云贵高原乌蒙山系马雄山，在下游三角洲漫流成网河区，经由分布在广东省境内六个市县的虎门、蕉门等八大口门流入南海。宋代方信孺的《南海百咏·走珠石》记载“旧传有贾胡自异域负其国之镇珠，逃至五羊。国人重载金宝坚赎以归。既至半道海上，珠复走还，径入石下，终不可见。至今此石往往有夜光发，疑为此珠之祥”，于是人们称这段江面为珠江。

今天的珠江两岸高楼林立

满江红·海珠寺

[清]张维屏

一水盈盈，似涌出、蓬莱宫阙[①]。遥望处，红墙掩映，碧天空阔。光接虎头春浪远，影翻骊梦秋云热。看人间天上两团圆，江心月。

南北岸，帆樯[②]列。花月夜，笙歌彻。愿珠儿珠女，总无离别。铁戟苔斑兵气静，石幢[③]灯暗经声歇。试重寻、忠简读书堂，英风烈。

■ 海珠石已成为广州沿江西路的一部分

【注释】

① 阙：古代宫殿门前两边的楼台。

② 帆樯：船桅，桅杆。

③ 石幢：古代祠庙中刻有经文、图像或题名的大石柱。

海珠石是珠江中的一块大礁石，据康熙年间的记载，当时的海珠石“出水高丈余，阔二亩”，如一小岛，岛上最著名的建筑之一是海珠寺，又名慈度寺。词人以寺为题，描写海珠石的形势和珠江两岸的繁华，可作一幅民俗画观。海珠石矗立江心，在水光云影中若隐若现，好像蓬莱宫阙，有红墙碧天相互映照，美景独绝。传说有奇珠藏于石下，夜半生光，江上船帆林立，笙歌不绝。收处缅怀先辈英风，诗人亦以此自我勉励。

史上第一位广州籍探花李昴英曾在海珠石上读书，写有“江神幻出小金山”之句，他的读书堂即词中提到的海珠寺。海珠石上风景迤逦，游人来往不绝，题咏甚多。明代南海人陈则诗句“杨柳绿深渔艇笛，木棉红脱酒帘风”，写出具有岭南特色的奇丽之景；新会人何孟伦诗句“弦月乍窥潭底见，微风不动镜中行”，描写在海珠寺遥望江上夜景，蕴含哲思；女诗人刘祖满诗句“城撼怒涛摇粉堞，江吞斜日浸浮图”，则气象万千，壮阔雄健。

海珠石与浮丘石、海印石并称“羊城三石”。康熙年间《广州府志》写道：“粤江，一名珠江，以沉珠浦得名。在府城南。舟始发，必由于此。”关于海珠石的来历还有一个神奇的传说：相传有胡贾持摩尼珠至此，珠飞入水，夜辄有光怪，故此海名曰珠海，浦曰沉珠，其石则曰海珠石。宋代，此石仍在江中可见，当地人民在其上修有亭台楼阁，供游人休憩，一时间成为游览胜地，当时誉其为“珠江秋月”，明代时则称“珠海晴澜”，清代改“海珠夜月”，此间风光可见一斑。民国年间，因珠江北岸扩筑新堤，海珠石被炸平，与北岸的间隙被填成新地，自此，海珠石沉埋地下，成为新堤（今沿江西路）的一段。

江月五首并引（其一）

[宋]苏轼

岭南气候不常。吾尝云：菊花开时乃重阳，凉天佳月即中秋，不须以日月为断也。今岁九月，残暑方退，既望之后，月出愈迟。然予尝夜起登合江楼，或与客游丰湖，入栖禅寺，叩罗浮道院，登逍遥堂，逮晓乃归。

杜子美云：四更山吐月，残夜水明楼。此殆古今绝唱也。因其句作五首，仍以“残夜水明楼”为韵。

一更山吐月，玉塔①卧微澜。
正似西湖上，涌金②门外看。
冰轮③横海阔，香雾入楼寒。
停鞭且莫上，照我一杯残。

惠州西湖

【注释】

① 玉塔：西湖西山上的泗洲塔。

② 涌金：涌金门，杭州十大古城门之一，门临西湖，是从杭州城里到西湖游览的通道。现已不存。

③ 冰轮：明月。

绍圣元年（1094），苏轼被朝廷贬至惠州安置，因为不能私自离城，他长期流连于惠州城西的丰湖湖畔，写下了许多吟咏山水的诗词。他在《赠昙秀》诗中，将丰湖称作西湖，成为“惠州西湖”这一名称最早的来源。惠州西湖也因其诗词得以扬名。这天夜里，苏轼与友人夜游西湖，见西山吐月，塔映湖中，甚似在杭州涌金门外放眼西湖之景，又令人联想到广阔海面上的明月、寒凉小楼中的花香。他不禁想叫执鞭驱使月亮的人停下来，好让明月多照照这小小的西湖。

虽然被贬，但苏轼没有因此气馁，而是在惠州大显身手，做了许多利于百姓的好事。为解决惠州西湖沿岸百姓出入不便的难题，他提议在西湖修筑两桥一堤，并带头“助施犀带”，还动员弟妇史氏捐出“数千黄金钱”。后人为纪念他，将长堤命名为“苏堤”，堤上的西新桥也被称为“苏公桥”。他看到当地民众的插秧技术和工具落后，就绘制插秧船图形并推广应用。在香积寺，他设计了水碓水磨，给民众用来舂米、磨面、研磨香粉。他还向外界写信，帮助解决惠州军队抢占民房的事情。此外，苏轼寓惠期间写诗作画，在惠州传播文明，提升了惠州的文化品位，对惠州产生了巨大而又深远的影响。

苏轼爱西湖，堪称古今第一人，他所到之处几乎都有“西湖”。他称丰湖为西湖，一来由于湖位于城西，二来也因惠州这个湖泊的风景与他熟悉的杭州西湖一样美丽。康熙年间惠州知府王瑛在《代汛亭记》中对杭州西湖与惠州西湖作了一次对比，称“惠之西湖，苎萝之西子也；杭之西湖，吴宫之西子也”，把惠州西湖比作入吴宫前在苎萝村浣纱的西施。雍正初年惠州知府吴骞编撰《惠阳山水纪胜》，写道：“杭之佳以玲珑而惠则旷邈；杭之佳以韶丽而惠则幽森；杭之佳以人事点缀，如华饰靓妆，而惠则天然风韵，如蛾眉淡扫。”二者都道出了惠州西湖天然美的特点，颇为后人称道。

再咏星岩

[宋]苏良

曾闻娲氏[1]补天漏，也记春秋石陨星[2]。
却讶端岩星错落[3]，何时漂坠数峰青。

【注释】

① 娲氏：女娲。

② 石陨星：陨石。史书《春秋》记载“陨石于宋五”。

③ 错落：交错纷杂。

七星岩位于广东省肇庆市，因七座石灰岩峰排列状如天上北斗七星而得名，以峰林、溶洞、湖泊、碑刻、寺观为主要特色，素有“岭南第一奇观”的美誉，早在唐代之前就已知名于世。此诗把女娲炼石补天的优美传说与星岩的美景联系起来，想象奇特。在南宋王朝摇摇欲坠之时，思得补天之术以救之，尤见诗人用心之苦。诗人还曾写“山罗斗宿英灵萃，地镇龙潜气势雄”，描绘七星岩雄奇瑰丽的景观。

七星岩景区内的摩崖石刻是岭南地区保存得最多最集中的摩崖石刻群，其中，石室岩和玉屏岩题诗甚丰。唐开元年间著名的书法家李邕就在石室岩洞口留下著名的《端州石室记》；宋代张渐有诗云“我来禊有自然兴，岂羡兰亭曲水滨”，记述诗人到此修禊，与民同乐的经历；明代韩上桂的诗句“仰面错搁飞削冲，束隘窒蹩不可

七星岩新十景之水月岩云

容”，大笔淋漓，极写岩洞的阴森怪气景象。石刻中各种字体皆备，篆、隶、楷、行、草俱全，涵盖自唐以后各朝代、国内各地以至日本文人的作品。且这里石刻所处地点比较集中，面貌比较完整，被陈毅元帅誉为“千年诗廊”。其中李邕《端州石室记》、冯敏昌的《七星岩五首》与黎简的《南服陨石》被称为七星岩石刻诗词的三绝。

七星岩主体是七座石灰岩岩峰，它们巧布在湖面上，又有二十余公里长的湖堤把湖面分割成五大湖，风光旖旎。“卧佛含丹”是七星岩特有的奇观，每年十月中旬，晴天傍晚六时左右，可见夕阳缓缓下坠，宛然嵌入于卧佛口中，立于星湖湖畔即可一览这自然奇观。

湖光岩

[明]陈其峨

谁人凿破混沌[1]初，剖向天南[2]作镜湖。
沙白水清鱼可数，岩深树古鸟相呼。
重笼长住西来佛，断碣[3]犹题宋大苏。
常见蟠龙潭内起，白牛之说有之无。

【注释】

① 混沌：天地未开辟以前宇宙模糊一团的状态。

② 天南：指岭南。

③ 断碣：断碑。

湖光岩位于广东省湛江市，原先叫作“陷湖”，大概源于白牛传说的“天崩地陷”；后来被称为“镜湖”，说其清澈明净如镜；再后改名“净湖”，不仅因为水质纯净，还因为佛家借以宣扬清心寡欲、远离尘嚣的教义。诗人从混沌初开起笔，遥想镜湖的传奇来历，点出湖光岩的秀丽风光。早在隋朝时期，佛教僧人就依岩而建楞严寺；南宋宰相李纲被贬琼州，目睹此地湖光映照岩壁，光彩动

■ 湖光岩湖水清澈如镜

人，挥笔写下“湖光岩”三个大字，为此地再添盛名。

相传原先这里本没有湖，而是两个村庄所在地。村中有母子相依为命，但儿子打柴时不幸摔死，母亲伤心欲绝。在朦胧中，她看见有一头小白牛来代儿子耕种，地里便自动长出粮食。有一年大旱，白牛又悄悄给母亲送食物，村民发现了白牛，竟宰掉分给各户充饥。母亲知道后痛哭，把牛肉扔回，牛肉却腾空飞向村外，她跌跌撞撞追上去，天上又落下一根竹枝给她。追到村外桑田边，牛肉忽然不见了，雷电骤起，天崩地陷，村庄变成了泽国。情急之下，母亲把竹枝插入田中，雷电顿时停息，洪水也渐渐消退，留下了一片清丽湖山，这就是今天的湖光岩。

虽然这只是神话，但说湖光岩是天崩地陷而成却一点也不假，科学证据表明，它正是二十万年前熔岩爆发凹陷形成的。湖光岩是中国唯一的玛珥湖，即一种封闭式特殊类型火山口形成的火山湖，湖水是在四周火山堆的保护下，不受外界水系干扰，长期自然沉积形成的，是十几万年地球演变留下的“天然年鉴”和“自然博物馆”。

■ 月亮桥

荔枝湾

[清]张维屏

棹转清溪宛若耶①，楼船掩映树周遮。
一湾荷叶碧于水，两岸荔枝红似花。

【注释】

① 若耶：指若耶溪，位于浙江省绍兴市，溪岸风景秀丽，相传西施在此浣纱，故又名“浣纱溪”。

荔枝湾位于广州市荔湾区西关泮塘一带，是历史上有名的消夏游乐地，素有“小秦淮”之称，河两岸遍植荔枝树，荔枝湾之名因此而来，荔湾区也因此而得名。唐咸通年间，岭南节度使郑从谠在此建荔园，诗人曹松赋诗，称为“南国名园”。五代时南汉后主刘鋹在荔枝湾上建昌华苑，荔枝熟时与群臣游宴食荔，称红云宴。清代，荔枝湾的荔枝种植业达到鼎盛，文人熊景星形容其“红云十里，八桥画舫，游人萃焉”，如此的水乡风光自然吸引了许多富豪过来“买地置业”，修起了一座座清丽雅致的园林，至今仍有故址记述当年盛况。

风景如画的荔枝湾惹得无数名人雅士为之倾倒，写下一篇篇风流诗章，张维屏亦被其打动。在此诗中，诗人从环境入手，写荔枝湾水清、树密、楼船掩映的特色，借“碧”与“红”的颜色对比，表现荔枝湾的活泼生机。诗人在另一首诗《题唐荔园》中称荔枝湾“千树离支（即荔枝）四围水，江南无此好江乡”，常被后人引用来盛赞荔枝湾的美景。

嘉庆九年（1804）中举后，张维屏首次进京赴考，诗坛大家翁方纲阅其诗作，惊呼“诗坛大敌至矣”。再度赴试时，翁方纲为他和黄培芳、谭敬昭等三位岭南诗人之诗集作《粤东三子诗序》，从此“粤东三子”的文名得以显扬。道光十六年（1836），张维屏告病辞官返家，在花地筑听松园，每日潜心著述、讲学传艺、遨游赋诗。钦差大臣林则徐奉旨来到广东查禁鸦片时，还曾登门拜访，向张维屏寻求禁烟对策。鸦片战争爆发后，张维屏写下许多反对外敌侵略、赞颂人民抗战的不朽诗篇，其中以《三元里》和《三将军歌》最为著名。

龙母庙

[宋]曾丰

母乘乾变化，儿主震神通。
江海藩篱①外，风雷掌握中。
水居依罔极②，血食至无终。
为在扶桑国③，曾收平日功。

【注释】

① 藩篱：边疆，边界。

② 罔极：无极。

③ 扶桑国：传说中的东方海域的古国名，我国沿用作日本代称。

龙母祖庙位于广东省肇庆市德庆县，始建于秦汉，历代均有修葺，从东晋以后史书杂说、碑记庙志班班可考，经历两千余年，是全国最古老的庙宇之一。诗人来到岭南拜谒龙母祖庙，写诗颂赞龙母的神通变化。龙母是粤西流域以及港澳地区民众所信奉的神，每年的龙母诞和春节都有很多人前往龙母祖庙供拜她。与龙王相似，龙母亦主江海神通，呼风唤雨，掌握风云的变幻，保佑一方百姓安宁。

龙母姓温，是秦时人。传说一天，温氏在西江边濯洗时偶拾到一大卵，孵出五条真龙，温氏惊讶之余，知道龙性喜水，便将五龙子放入程溪中豢养，驯养如亲，于是温氏便被时人尊称为“龙母”。后来五龙长大，出入西江，龙母教育它们要适时施

■ 龙母庙牌坊

雨、为民播福，还带领五龙帮助程溪乡民疏浚河道、修堤筑坝，抵御西江洪水，开辟一方乐土。及至秦征南越，秦始皇得知此奇事，遣使南下，礼聘龙母进京。使船夜泊之时，却被五龙子作法引返程溪，一连四五次，秦使以为是天命，便不再强求，龙母得以如愿回归程溪，与乡民、龙子同庆团聚之乐。

现存的龙母祖庙重建于清光绪年间，以神、绝、巧、灵著称于世，与广州陈家祠、佛山祖庙合称为“岭南建筑三瑰宝”。龙母祖庙由石牌坊、山门、香亭、正殿、两庑、妆楼、行宫、龙母坟等建筑物构成，石雕、砖雕、木雕、灰雕、陶塑做工精细，巧夺天工。其中，山门正脊有陶塑装饰，正中为双龙戏珠，饰以人物、飞禽走兽、花鸟草虫等，具有浓厚的岭南风情；香亭的蟠龙石柱运用深雕和透雕手法，使石珠可在蟠龙口中转动而拿不出来。

光孝寺

[明]孙蕡

雨叶菩提树，天花薝卜[1]林。
尘机[2]方外息，幽趣静中深。
野色连香积，秋声杂梵音。
随缘僧供里，余亦长禅心[3]。

【注释】

① 薝卜：郁金花。
② 尘机：尘俗的心计与意念。
③ 禅心：清空安宁的心。

广州民间自古就有“未有羊城，先有光孝”的说法。光孝寺位于广东省广州市越秀区，建筑历史可追溯至公元前二世纪，当时是南越王赵建德的住宅。三国时，吴国虞翻谪居于此，他死后家人舍宅作寺，名制止寺。唐代称乾明法性寺，六祖惠能于此祝发受戒。南宋时称报恩广孝寺，不久后改广字为光字，始名光孝寺。诗人写此诗记录寺中幽寂

之趣，寺中菩提成荫，碧绿喜人，于闹市中取一幽静。香客络绎不绝，诵经声绕耳不息，在秋色中涤荡尘俗，熏染得人亦生出禅心。

梁武帝时，达摩从印度坐船到广州，就曾在光孝寺停驻，并在此弘法，之后由此北上，广传佛法，成为中国禅宗的始祖。光孝寺因此被誉为中国禅宗的起点。后来，五祖弘忍将衣钵传给惠能，惠能从黄梅南归，隐遁于四会、怀集二县间。出山后来到法性寺（今光孝寺），碰到住持印宗法师讲《涅槃经》，惠能在人群之中，认真听法师讲解。此时一阵风吹过，寺院内悬挂的旗幡便随之飘动起来。众僧议论开来，一僧说风动，一僧说幡动。惠能排众而出，语惊四座：“不是风动，不是幡动，仁者心动。”印宗法师看他出言不凡，一问之下竟是禅宗五祖的衣钵传人。后来惠能在光孝寺菩提树下剃度受戒，并开始登坛说法。为纪念六祖惠能，信徒还在光孝寺修建了一座瘗发塔。

光孝寺建筑规模雄伟，是广州最古老、规模最大的佛教名刹。它不仅在佛教历史上占有重要的位置，还开创了华南建筑史上独有的风格和流派。寺中旧多植诃子树，故又称“诃林”，明清以来，骚人墨客在此吟咏唱和，结诃林社，使光孝寺亦成为文人游息之所。明代诗人张诩有诗“笔授佳名流载籍，菩提古色上金容”，洵为此间佳话。

■ 光孝寺大雄宝殿

酌贪泉

[晋]吴隐之

古人云此水，一歃①怀千金。
试使夷齐②饮，终当不易③心。

【注释】

① 歃：用嘴吸。

② 夷齐：伯夷、叔齐。

③ 易：改变。

“酌贪泉而觉爽，处涸辙以犹欢”，初唐四杰之一王勃所作的著名骈文《滕王阁序》使贪泉名声大噪，却少有人知晓它的来历。隆安年间(397—401)，朝廷想革除岭南的弊政，任命吴隐之为广州刺史。他在赴任途中行至距广州二十里处的石门，遇一山泉，当地人皆说喝了此泉之水就会变得贪婪无比，故名“贪泉”。而吴隐之却对家人说：“不见可欲，使心不乱。越岭丧清，吾知之矣。”为了表明立志清廉，他特意来到贪泉，掬水而饮，并赋诗为志。诗人借用伯夷、叔齐的典故，表明廉洁为政的决心。

广州面海环山，多有象牙、珍珠和名贵药材出产。但因为地处僻远，瘴疫流行，在东晋时还属蛮荒之地，所以很少有人愿意去那里做官，只有那些家里贫困而又想发横财的人才肯去。到广州做刺史，要是能弄上一箱珍珠宝物，几辈子都享用不尽，以

■ 广州市白云区石井镇内的贪泉遗址（石碑为复件，原件已被移至广州博物馆）

往的广州刺史没有一个不贪的。吴隐之在赴任路上赋诗立志，此后在广州果然始终保持着廉洁的操守，过着粗茶淡饭的生活。调离广州时，他妻子偷偷带了一斤中药材沉香木，吴隐之发现后十分生气，把药材丢进水里。任期满后，他从广州乘船返回建康时，与赴任时一样，依然身无长物，两袖清风，与前后刺史离任归还时“船载洋货，车装珍宝”形成了鲜明的对比。

贪泉因吴隐之的事迹从晋朝起就极负盛名，其泉水明亮如镜，清洌爽口。明朝尹凤岐有《送兄广东参政应奎》诗曰“珍重平生清节在，不妨引满酌贪泉”；大学者陈献章亦有《贪泉》诗曰“饮水心不易，岂独夷齐尔”，赞颂吴隐之的操守，立定廉洁的志向。

六榕寺

[清]张九镡

题名看玉局[1]，无复六榕荫。
僧话茶烟久，人行塔影深。
旃檀[2]留法相，梵呗[3]起清音。
一宿宗门契，何缘净此心。

【注释】

① 玉局：指代苏轼，他曾自号“玉局翁”，后人因此称之。

② 旃檀：檀香。

③ 梵呗：佛教徒念经的声音。

六榕寺位于广州市越秀区，是一座历史悠久、海内外闻名的古刹，与光孝寺、华林寺、海幢寺并称广州佛教四大丛林，历来为人们所称颂，加之其历史地位与光孝寺齐名，素有“光孝以树传，净慧（六榕寺的原名）以塔显”之称。诗人来到六榕寺，见到苏轼题写的“六榕”。当年名闻天下的六榕不复浓荫，好在仍有僧人一同焚香品茗，在千佛塔影下，行人步入幽深之处。檀香萦绕中，佛像宝相庄严，念经声恭敬虔诚，在这肃穆的环境里，诗人不禁想要清空杂念，洁净身心。

六榕寺初名“广州宝庄严寺”，后改名“净慧寺”，曾是禅宗道场，素来以“王文苏墨”为人称道。梁大同三年（537），沙门昙裕法师从扶南国请得佛陀舍利回广州，于宝庄严寺大殿前修建舍利塔。王勃南下探父途经此地，深感道场恢宏，写下碑

记《广州宝庄严寺舍利塔碑》，记载建塔缘起及历史上六榕寺的殊胜面貌。北宋元符三年（1100），自海南儋州赦还的苏轼在广州居停月余，其间多次来净慧寺游憩，应寺僧道琮之请为寺题字。他见寺内六株榕树绿荫如盖，盘根错节，气势不凡，欣然留下墨宝“六榕”二字。僧人雕匾悬于山门，净慧寺遂有六榕寺之俗称，但正式叫六榕寺，却是清光绪年间的事了。

六榕寺院中最令人瞩目的建筑是一座舍利塔，其一层层的塔角飞檐宛如向天开放的枣红色花瓣，塔刹又酷似花蕊，整座宝塔犹如一支直插蓝天的巨大花柱，再加上塔身红白相间，色彩斑斓，所以人们又习惯称其为花塔。

■ 六榕花塔

南华寺

[宋]苏轼

云何见祖师，要识本来面[1]。亭亭塔中人，问我何所见？
可怜明上座[2]，万法了一电。饮水既自知，指月无复眩。
我本修行人，三世积精炼。中间一念失，受此百年谴。
抠衣礼真相，感动泪雨霰[3]。借师锡端泉，洗我绮语砚。

【注释】

① 本来面：人的本性。
② 明上座：惠明和尚。
③ 雨霰：细雨和雪珠。

南华寺坐落于韶关市曲江区曹溪之畔，人称“东粤第一宝刹”，是禅宗六祖惠能弘扬“南宗禅法”的发源地。相传惠能圆寂后，其门人将他的肉身裹纻涂漆，保持其生前形象，供奉在南华寺。六祖真身像是南华寺最珍贵的文物，供奉在六祖殿内，供信徒瞻仰。

宋哲宗绍圣元年（1094），59岁的苏东坡被贬惠州。南迁路上，他拜谒了曹溪南华寺，即六祖惠能光大禅宗的地方。东坡在南华寺见到了六祖惠能的真身像，惠能神色安详，端坐于塔中。东坡在诗中说，之所以要来参拜祖师，是因为要认取自己的“本来面目”，祖师端然而坐，似乎在询问他这一生的修学心得。他羡慕惠明和尚，能得到六祖的亲自指点，从而悟得大道。他自陈前生三世本都是佛门中人，只可惜一

■ 曹溪圣地牌坊

念之差，落入尘世，招来了这一生的忧患。如今在祖师面前顶礼膜拜，老泪纵横，他要用这曹溪祖庭的清泉，洗尽心中对浮世的留恋。

据载，南朝梁武帝天监元年（502），梵僧智药三藏率徒来中国五台山礼拜文殊菩萨，路过曹溪口时，掬水饮之，觉此水甘美异常，于是溯源至曹溪。他见山川奇秀，流水潺潺，于是谓徒曰：“此山可建梵刹，吾去后一百七十年，将有无上法宝于此弘化。”后有官员将此事奏于朝廷，上可其请，并敕额“宝林寺”。唐高宗仪凤二年（677），隐身岭南山林十五年的六祖惠能来到南华寺弘法，大力提倡顿悟法门，主张不立文字，教外别传，直指人心，见性成佛，用通俗简易的修持方法，取代烦琐的义学。惠能为禅宗的发展奠定了理论基础，对后来各派禅师建立门庭影响极大。

和陶拟古九首(其五)

[宋]苏轼

冯冼古烈妇，翁媪国于兹。
策勋梁武后，开府隋文时。
三世[1]更险易，一心无磷缁。
锦伞平积乱，犀渠[2]破余疑。
庙貌空复存，碑版漫无辞。
我欲作铭志，慰此父老思。
遗民不可问，偻句[3]莫予欺。
犦牲菌鸡卜，我当一访之。
铜鼓壶芦笙，歌此送迎诗。

■ 冼太夫人铜像

【注释】

① 三世：指冼夫人历南朝梁、陈和隋三朝。
② 犀渠：外面蒙有薄犀牛皮的甲衣。
③ 偻句：地名，产龟，这里指代占卜的龟甲。

冼夫人是南朝至隋初时期岭南俚族的首领。她是高凉人，出身于首领世家，“幼贤明，多筹略”，善于“抚循部众，能行军用师，压服诸越”，从青年时代起就是一个卓越不凡的领袖人物。后嫁给了梁高凉太守冯宝，宝卒，她统领数郡军民，保境安民，维护统一。陈时，广州刺史欧阳纥谋反，夫人起兵平定，被封为石龙太夫人。陈国灭亡后，岭南数郡一同将她奉为圣母。隋文帝将她封为宋康郡夫人，后进封为谯国夫人，《隋书》有《谯国夫人传》。周恩来总理曾称颂冼夫人为“中国巾帼英雄第一人”。后人为了纪念冼夫人的丰功伟业与高风亮节，在两广的高、雷、化、钦、廉等州建造了很多庙宇，甚至远至朝鲜亦建有冼庙。

苏轼在这首诗中盛赞冼夫人自青年至老年的50多年间，历经梁、陈、隋三世动乱年代的平叛去乱功绩，表达了诗人对冼夫人的尊崇、以慰父老的热忱，寄托了安邦济世的平生志向与壮志未酬的感慨，也反映了诗人与当地百姓相融相契、随缘自适的生活状态。

这是文学史上第一首颂扬冼夫人功绩的诗篇，但对于其写作背景、写作地点等，在今天仍多有争议，主要说法有三种：一说写于高州冼太庙，其原庙址位于今高州市长坡镇旧城村；另一说写于今茂名市电白区霞洞镇晏公岭的冼太夫人庙；还有一说写于被贬之地海南儋州。这三地的冼庙均留存至今，不仅承载着当地百姓对平安幸福的祈盼，也将维护国家统一、增强民族团结的精神代代传递。

高州冼太庙乃全国规模最大、等级最高的冼太庙，是冼庙系列建筑中的典型代表，也是全国民族团结进步教育基地和广东省爱国主义教育基地。它位于今广东茂名高州市冼太文化公园北面，始建于隋，为冼夫人的孙子冯盎所建，原址位于今高州市长坡镇旧城村，明嘉靖十四年（1535）从随城迁至现址。庙内《冼夫人记》《恭谒冼夫人庙书》等碑刻保存完好。殿内有两尊冼夫人塑像，一大一小，大者由雕塑师与机械师仿原像设计，施以巧艺，使之能坐能立，供人瞻仰。

■ 高州冼太庙

浴日亭

[宋]苏轼

剑气峥嵘夜插天，瑞光[1]明灭到黄湾。
坐看旸谷浮金晕，遥想钱塘涌雪山。
已觉苍凉苏[2]病骨，更烦沆瀣[3]洗衰颜。
忽惊鸟动行人起，飞上千峰紫翠间。

【注释】

① 瑞光：吉祥之光。

② 暘谷：传说中日出的地方。

③ 沆瀣：夜间的水汽，露水。

“扶胥浴日”自北宋起就被誉为羊城八景的首景，南海神庙西南向章丘岗上的浴日亭，就是古代观望这一海上日出之景的胜地。苏东坡谪惠州时，经广州到南海神庙

■ 南海神庙正门前的牌坊

■ 南海神庙正殿

一游，作了这首《浴日亭》诗，现在浴日亭仍有复制的苏东坡诗碑。此诗起笔以“剑气”形容夜色，可谓豪气非凡，令眼前的夜色顿时鲜活。浩瀚的南海浮起金色的光晕，令诗人遥想起千里之外的钱塘江大潮，流露出对宦海无常身世飘零的喟叹。笔锋一转，苍凉已令病骨复苏，衰颜亦为夜露清洗，不由得精神为之一振。尾联写栖鸟被日光惊吓，飞入远山之间，对日出景象的描写如在眼前。

南海神庙位于珠江入海口，坐落于广州市黄埔区庙头村，自隋唐以来，历代皇帝都派官员到此举行祭典，祈求出入平安，一帆风顺，留下了不少珍贵碑刻，故南海神庙也有“南方碑林”之称。除苏轼诗外，还有明代陈献章的《浴日亭次东坡韵》，“赤腾空洞昨宵日，翠展苍茫何处山”，记录下“扶胥浴日”的盛景。

南海神庙始建于隋开皇十四年（594），已有1400多年历史，是中国历代皇帝祭海的场所，供奉南海神祝融。相传唐朝时一位名叫达奚的婆罗多（古印度）使者来中国朝贡，携带了菠萝蜜树种种植于庙内，因迷恋此处景色误了归期，之后他每天眺望大海变成了石人，人们为了纪念他就奉他为“达奚司空”。因“婆罗”“菠萝”与“波罗”谐音，南海神庙也就被称为“波罗庙”，南海神诞也称“波罗诞”。每年农历三月在此举行的祭祀南海神的传统民间信俗“波罗诞”盛大非凡，被列入国家级非物质文化遗产名录。南海神庙是古代海上丝绸之路发祥地之一，也是我国对外贸易交往的历史见证和重要史迹。

张相公祠

[宋]许申

铁胎[1]重整英仪峻，燕厦新成暑气凉。
韶石遍图辉壁落，荔枝分植映房廊。
开元旧事丰碑在，家笥[2]犹传故笏囊[3]。

【注释】

① 铁胎：指塑像。

② 家笥：家藏。

③ 笏囊：盛笏板的袋子。笏，古代臣子上殿面君时手持的板子。

■ 张九龄雕像

诗人走进祠庙，见塑像重新修整过后，美好的仪容显得更加俊朗，高大的房屋才刚落成，进入其间暑气尽散，一片清凉。诗中点出了张相公的出生地——韶州，以荔枝树为标志，突出了岭南的地域特色。张氏家藏至今仍有笏板在传承，更彰显张九龄名垂青史的硕硕功绩。

诗人许申任韶州始兴郡守时，曾倡建风度楼，以纪念张九龄。“风度”源于唐玄宗选官用人时必问的“风度得如九龄否”一语。由北宋至清末，风度楼经历代改建修葺，愈加坚固壮丽，成为韶关三大名楼之一。

“海上生明月，天涯共此时。”这一千古名句，就出自唐朝宰相张九龄。他以诗风清雅自然著称，喜欢用质朴的语言寄托深远的人生感慨，著有《曲江集》，人称“岭南诗祖”。张九龄富有远见卓识，忠心尽职，作为第一个担任宰相的岭南人，为开元之治作出了重要贡献，被誉为“岭南第一人”。然而，张九龄的仕途并不是一帆风顺的。开元四年（716）秋，因“封章直言，不协时宰”招致了宰相的不满，张九龄以秩满为辞，去官归养。回到岭南，他并不愿意赋闲在家，而是想为家乡办点实事，刚到家中，就向朝廷状请开大庾岭路。他担任开路主管，趁着农闲的时候征集民夫，开始开凿工程。他还亲自到现场勘探考察，不辞劳苦，指挥施工。路修成之后，张九龄撰写了《开凿大庾岭路序》，记述大庾岭筑路一事及道路凿通后南北交通大为改观的盛况。

为纪念张九龄的功绩，后人在南雄城、梅岭、始兴、曲江（今韶关市区）等地先后建了文献公祠，祠内立有张九龄塑像和记事石碑，以供敬祭。其中影响最大的，当属梅岭山上建于元至正年间的文献公祠，数百年来曾有无数过岭者在此拜谒。明儒湛若水过梅岭时作《过梅关谒文献祠》，赞颂张九龄“功与九河同”，感慨从此“无险不负固，割据无奸雄”“岂惟保善终，风气亦渐通”。

五仙观

[宋]古成之

拨破浮尘入紫烟[1]，五羊坛上访神仙。
人间自觉无闲地，城里谁知有洞天。
竹叶影繁笼药圃，桃花香煖映芝田[2]。
吟余池畔聊攲[3]枕，风雨萧萧吹白莲。

五仙观

【注释】

① 紫烟：祥瑞之气。

② 芝田：传说中仙人种灵芝的地方。

③ 攲：倚靠，依靠。

“羊城”“五羊城”“穗城”，广州的别名丰富别致，却都与五仙人有些关系，本诗所记五仙观就是祭祀五仙人的地方。古成之是宋朝以来广东第一位中进士者，被誉为“岭南首第”，其文章诗词堪称一枝独秀。诗人穿过尘雾，离开城镇，到郊外的五仙观寻访当年的仙人。寺观依山而建，有竹林环绕、桃花掩映，花木葱茏。诗人闲适地在此悠游，有感而发，记述此间幽情。

传说古时，广州曾一度出现连年灾荒，田野荒芜，农业歉收，人民不得温饱。一天，南海的天空忽然传来一阵悠扬的音乐，并出现五朵彩色祥云，上有五位仙人，身穿五色彩衣，分别骑着不同毛色的山羊，羊口衔着一茎六穗的优良稻穗，降临广州。五仙人把稻穗给了广州人，并祝愿此处永无饥荒。祝罢仙人腾空飞逝，五只仙羊化为石头留在广州山坡。从此，广州便成了岭南最富庶的地方。广州人民为了感激五位仙人，在他们当年降临的地方修建了一座五仙观以示纪念。观中有五仙雕像，伴以五羊石像，五仙又被称为谷神。

五仙观位于广东省广州市越秀区，是一座祭祀五仙的谷神庙。五仙观为绿琉璃瓦重檐歇山顶，木构架保存完好，玲珑精巧。明清两代，这里分别以“穗石洞天”和“五仙霞洞”列入羊城八景。明代诗人黎贞有“石室松风来，层楼暮钟绝”之句，写观中清雅。其后还有一座禁钟楼，这是一座城楼式的古建筑物，用以悬挂禁钟。楼中的钟为青铜铸造，重逾万斤，击之声闻千里，用以警示火情。此楼因其独特的建筑风格和奇妙的音响效果被誉为“岭南第一楼”，与镇海楼并称为明代岭南建筑的“双璧”。

谒韩祠

[宋]陈知柔

斯文[1]何罪窜南荒，来谒孤祠泪数行。
恐有遗书藏坏壁，岂无哀赋吊沅湘。
精神不受氛烟[2]蔽，道义长涵日月光。
西壁萧萧香火冷，何人能与作堂皇[3]。

■ 韩文公祠

【注释】

① 斯文：指文化或文人。

② 氛烟：犹烽烟，喻战火。

③ 堂皇：广大的殿堂。

潮州人民为了纪念韩愈的功绩，把潮州的江山都易姓为韩，潮州的江叫作韩江，山称为韩山，后人还在韩山上修建了韩文公祠，来纪念这位伟大的先贤。诗人来此凭吊缅怀，追忆韩愈耿直赤诚的爱国情怀，诗人为他遭贬喊冤，更为他的精神所感动。虽然战火纷飞，朝代更迭，但韩愈的道义精神并不会随着时间消逝，反而在时间的长河里熠熠生辉。

“一封朝奏九重天，夕贬潮阳路八千”，韩愈写《论佛骨表》苦心进言，却触怒了皇帝，被令处死，幸得宰相裴度等讲情，改贬为潮州刺史。在潮州期间，韩愈做了许多为国为民的好事。他刚到潮州时，便听闻恶溪鳄害甚烈，便亲自撰写了《祭鳄鱼文》，带领民众举行了声势浩大的驱鳄行动，消除鳄鱼之患，安抚了民心；他奖劝农桑，率领百姓开凿溪流、建筑堤坝，当年的水渠至今仍在润泽着两岸的农田；为了解决因债务纠葛而没良为奴的问题，他想出了“计庸折值”的办法，缓解了社会矛盾，解放了一批生产力；他还慷慨地捐出自己的“百千”俸禄，用于办学之需，大胆起用潮州贤士主持州学，使得潮州“庠序大兴，教养日盛”。

韩文公祠位于广东省潮州市笔架山麓，有单檐歇山顶和嵌瓷纹饰屋脊，是抬梁式和穿斗式相结合的木构架，融合了潮式、广式的建筑风格。祠内有历代碑刻三十六块，其中碑文年代最早者即苏轼的《潮州韩文公庙碑》，韩愈“文起八代之衰，道济天下之溺”的美誉就从此而来。相传当年韩愈所植的橡木就在祠前，祠吊先哲，木卜科名，“韩祠橡木”也是有名的潮州八景之一。

九日登镇海楼

[清]陈恭尹

清尊[1]须醉曲栏前，飞阁临秋一浩然[2]。
五岭北来峰在地，九州南尽水浮天。
将开菊蕊黄如酒，欲到松风响似泉。
白首重阳唯有笑，未堪怀古问山川。

【注释】

① 清尊：酒器，亦借指清酒。

② 浩然：形容正大刚直。

越秀山中，最有特色的建筑物当属镇海楼，此楼始建于明洪武年间，俗称“五层楼”。诗人登高赋诗，南国雄奇壮阔的山川，高爽绚烂的秋色，无一不在激发诗人的豪情。尽管事业失败，壮志成虚，诗人志士的心胸依然充满浩然正气。清代诗人赵翼盛赞“五岭北来峰在地，九州南尽水浮天”一联，谓其“切定地理，又能声出金石”“虽少陵亦当视为畏友”。

诗人的父亲陈邦彦是著名抗清志士，陈恭尹自小受他的思想影响颇深，一度为反清斗争奔波。南明永历帝被清廷俘获处死后，陈恭尹中止了联络反清志士的活动，潜居家乡专心读书达十几年之久。其间，与著名诗人屈大均结交甚深，并一度与平南王尚可喜有诗词唱酬的交往。在被指涉嫌参与“三藩之乱”遭官府逮捕下狱后，他意志

■ 镇海楼

消沉，移志于诗词歌赋的创作，与友人结成诗社相互唱和，时人称为“岭南七子”。陈恭尹的诗大多以感怀身世、矢志抗清、反映民疾及描述岭南风物为主题。除诗文外，他在隶书书法上也有很高的造诣，被誉为清初独步广东的第一人。

镇海楼被誉为“岭南第一胜概”，先后以“镇海层楼”和“越秀层楼”之称列为清代和现代的羊城八景之一，今为广州博物馆所在地。镇海楼为歇山顶，复檐五层，有绿琉璃瓦盖，饰以石湾鳌鱼花脊，下两层围墙用红石砌筑，以上为青砖墙。建筑逐层向上收减宽度和深度，使得镇海楼的形状既似塔又似楼。楼顶正面悬挂“镇海楼”横匾，两旁悬挂对联，书有“万千劫，危楼尚存，问谁摘斗摩霄，目空今古；五百年，故侯安在，使我倚栏看剑，泪洒英雄”，尽显豪情。

崖门[1]谒三忠祠

[清]陈恭尹

山木萧萧[2]风又吹，两崖波浪至今悲。
一声望帝啼荒殿，十载愁人来古祠。
海水有门分上下，江山无地限华夷。
停舟我亦艰难日，畏向苍苔读旧碑[3]。

崖山祠牌坊

【注释】

① 崖门：即崖门山，在广东新会县南海中，南宋抗元的最后据点。

② 萧萧：摇动的样子。

③ 旧碑：指表彰三忠的碑文。

崖山海战之后赵宋王朝陨落，元朝最终统一了整个中国。诗人作为晚明抗清志士陈邦彦之子，途经崖门山凭吊忠烈，感慨万千，写下了这首亡国哀诗。开头由景写起，苍凉沉郁，感慨遥深，为全诗奠定了悲壮的基调。借望帝的传说抒写亡国之痛，诗人以“十载愁人”自称，表明亡国的哀愁心情。波涛汹涌、横无际涯的大海，在海港入口处尚有上、下海门之别，而大好的锦绣河山被异族占领，以至于无法分辨华、夷的界限。颈联两句即景成对，表现了诗人对清朝统治者的极大义愤。最后诗人以三位忠烈的事迹激励自己永葆节志，也表明了誓不与清统治者合作的决心。

诗人所拜谒的三忠祠是为纪念民族英雄文天祥、陆秀夫和张世杰所建的祠堂，建于广东新会县南海中陆秀夫投海处。这三位忠烈被誉为“宋末三杰”，文天祥力主抗元，后在五坡岭被俘，屡经威逼利诱，仍然誓死不屈；南下抗元途中元军多次派人招降，但张世杰都坚决拒绝，在端宗驾崩后他又主持立卫王为帝，并将朝廷转移到崖山，死守于此与宋朝共进退；南宋灭国时，陆秀夫背着少帝赵昺投海自尽，许多忠臣追随其后，十万军民跳海殉国。几百年后，南明又再次重演这一幕，令诗人不禁悲恸万分。

三忠祠原名“大忠祠”，内立文天祥、陆秀夫、张世杰的塑像，三人神情肃穆、威风凛凛，祠的四壁上展出他们的生平事迹和历代文人墨客为他们写的颂诗。三忠祠为宫殿式构筑，有朱墙、黄琉璃瓦和歇山顶，富丽堂皇，古朴庄重，是崖山祠庙建筑群的重要组成部分。崖山祠庙建筑群记录了宋朝君臣忠心护国的浩然正气，五百多年来，吸引了众多的大臣官宦和文人雅士来此访史凭吊、缅怀忠烈。

过虎门

[清]康有为

粤海重关二虎尊[①]，万龙轰斗[②]事何存？
至今遗垒[③]余残石，白浪如山过虎门！

■ 虎门炮台中的蒲洲炮台

【注释】

① 尊：重要。

② 万龙轰斗：指鸦片战争中，广东水师提督关天培在虎门炮台与英国侵略军展开激烈的炮战。

③ 遗垒：指虎门当日的炮台。

■ 虎门林则徐雕像

鸦片燃烧的硝烟在此升腾，为虎门在历史上留下了浓墨重彩的一笔。诗人秋游香港，归途中路经虎口，有感而发。大虎山、小虎山雄踞南海，万众一心抗英激战的往事已不见踪影。旧时的炮垒只剩下一堆残垣，唯见雪白的浪花铺天过虎门。诗人将对清政府卖国投降政策的激愤、对当年辉煌抗敌业绩荡然无存的哀恸、对民族危亡深切的忧患等复杂的情感，都寄托在对眼前凋零残败景象的描述之中。

诗人用“万龙轰斗”四字追叙当年的英勇，表现了诗人对爱国将士抵抗侵略者的赞颂和缅怀。位于广东省东莞市的虎门是一块英雄的土地，留下了许多抗击西方侵略的印记。1839年，民族英雄林则徐率领虎门军民销烟御敌，他一面加紧整顿海防，一面下令外国烟商交出鸦片，并带领官员在虎门将收缴的2万多箱鸦片公开销毁。1841年2月26日，英国侵略者大举进攻虎门，时任广东水师提督关天培坚守炮台，率领将士顽强抵抗。英军攻入炮台后，负伤十余处的关天培挥舞大刀与敌人肉搏，坚持到晚上，终因寡不敌众，与守卫炮台的400多名将士一起壮烈殉国。

虎门炮台旧址分布在珠江两岸的沙角山、大角山、武山和大虎山等地，海防炮台群有11座炮台共计300多门大炮，分为三道防线，为广州海路险隘关防。这些炮台构成了立体的海防体系，在鸦片战争及后来抵御外国侵略的战争中均发挥重要作用，被誉为“南方海上长城”。

贰

YACANG
LINGNAN

南国风物

翡翠

[清]屈大均

雌青雄赤①是鱼师②，日夕清波浴不迟。
低处为③巢因爱子，花工捕向月明时。

【注释】

① 雌青雄赤：雄赤为翡，雌缥青为翠。
② 鱼师：水鸟名，又名鱼狗、鱼虎。
③ 为：筑。

提起翡翠，许多人会想到温润的碧玉，其实广东有一种鸟也叫这个名字，有“广东徐霞客”之称的屈大均就曾为翡翠鸟赋诗一首。诗中将翡翠称为“鱼师”，是因为李时珍在《本草纲目》中提到：“鱼虎、鱼师、翠碧鸟。狗、虎、师，皆兽之噬物者。此鸟害鱼，故得此类命名。”翡翠先在高处筑巢，等到孵出幼鸟之后，担心它们会坠落，就将鸟巢稍微向下转移，“低处为巢因爱子”写的就是它这一习性。由于翡翠鸟的羽毛毛色艳丽，许多人都喜爱用它作为点缀的饰品，故而也就引得众多花工捕捉，直到月明时分。

屈大均晚年从南京携家眷回到番禺，终不复出，著述讲学，移志于对广东文献、方物、掌故的收集和编纂，《广东新语》一书即他的传世之作。作为“岭南三大家”之一，屈大均在诗学理论、诗歌创作等方面也进行了积极探索，并作出了独特贡献。他秉承儒家思想，提倡“以道为诗”；强调诗歌要以“丽”为美却不失其“则”，以比兴入诗，寻求诗画结合的艺术境界和中和朴素之美。他也积极实践这些理论，创作出了许多带有广东地域特色的诗词。

战国时期楚国人宋玉在其著名的《神女赋》中写道：“夫何神女之姣丽兮，含阴阳之渥饰。披华藻之可好兮，若翡翠之奋翼。”这里的翡翠指的就是翡翠鸟。翡翠一词除了作为鸟名被广泛流传使用外，更多时候则是作为翡红与翠绿等鲜艳颜色的代名词。清代，翡翠鸟的羽毛受到宫中嫔妃们的喜爱，她们将其插在头上作为发饰，用羽毛粘贴镶嵌作为首饰，故制作成的饰品都带有翠字，如“细翠”“珠翠”等。

■ 高剑父《荷塘翠鸟立轴》

闻鹧鸪

[明]黎遂球

乱竹蒙茸①水帝祠，行时不唤唤归时。
阴云断峡流千尺，急雨孤篷烟万枝②。
半载鲤鱼③频失信，连天芳草不相知。
何如飞过黄茅岭，啼与高楼少妇知。

【注释】

① 蒙茸：草木茂盛貌。

② 烟万枝：千万枝翠竹笼罩在烟雾中。

③ 鲤鱼：指藏书信的木函。

■ 陈树人《双鹧鸪图》

鹧鸪是南方常见的禽鸟，古人咏岭南景物时常常提到它。据说它的鸣叫声像唤“行不得也哥哥”，故征人思妇闻之感悲。本诗写诗人羁旅在外的思乡之情，声声悲凄。鹧鸪啼声“行不得也哥哥”本有阻人出行之意，本诗谓其归时啼唤，有更深的眷恋惜别之意。阴云低压着峻峭的山峡，下有急流千尺。猛雨打着孤篷，将千万枝翠竹笼罩在烟雾中。听闻鹧鸪啼声时的这般环境，更加渲染沉闷的气氛，烘托着羁旅在外的游子感怀。传送书信时常断了联系，现在芳草连天，故乡远在天涯，思念更是如草疯长。

诗人黎遂球是岭南人士，学成北上会试漫游，听到故乡熟悉的鸟声，勾起满腔思乡情。他在漫游途中参加了以牡丹为题的诗歌比赛，即席咏诗十首，力压群英，被众才子共推为“牡丹状元”。他返回广州时，士民千余人到郊外相迎，并出动数十艘楼船画舫沿江载歌载舞，其盛况成为士林传颂的佳话。他在家乡与陈子壮等十一人发起重建了文学团体“南园诗社”，致力于重振南国诗风。

《禽经》中说鹧鸪是南方的鸟，而且它天性只向南飞，绝不往北。这就给它赋予了一种像橘一样“受命不迁，生南国兮”的意蕴，成为在北方的南方人怀恋故乡的寄托；或者作为异乡风物，勾起来到南方的北方人的愁绪，比如白居易的“（山鹧鸪）啼到晓，唯能愁北人，南人惯闻如不闻”。屈大均在《广东新语》中将鹧鸪称为“南客”，也有此种缘故。诗人郑谷诗作《鹧鸪》“雨昏青草湖边过，花落黄陵庙里啼”，为他赢得了“郑鹧鸪”的美名。

■ 山鹧鸪

踏莎行·鹦鹉称哥

[清]屈大均

鹦鹉称哥，白鹇名客。轻轻不把春纤[1]拍。更将花片[2]喂相思，衔书欲倩[3]双飞翼。

身是珠娘，生从香国。珍禽一一皆相识。春情最爱画眉多，郎归好与甘蔗食。

【注释】

① 春纤：女子的手指。

② 花片：飘落的花瓣。

③ 倩：借。

■ 清·居廉《荔枝白鹦鹉》

岭南是鹦鹉的重要分布地之一，当地的儿童喜欢和鹦鹉嬉耍，因为鹦鹉学舌时好像婴儿学语，所以常将鹦鹉叫作“鹦哥”。“鹦鹉”“白鹇”“画眉”都是岭南有特色的禽鸟，词中将这些珍禽并列，寄托珠女春情，描摹一位缠绵情丝的岭南珠女之姿。屈大均在《广东新语》中提到鹦鹉：“寻常饲以绿豆、白粳，欲其喜而多语以香蕉。”词中提到等郎君归来再饲甘蔗，借以表达思君之情。

鹦鹉这一形象经常出现在佛教题材中，也被认为是佛祖的化身。另外佛经中也有鹦鹉供奉佛祖及鹦鹉听法解脱的故事。所以，鹦鹉在佛教中被认为是“神鸟”。在唐朝，佛教极为盛行，鹦鹉这一形象也被人们认为是神鸟的代表，上至帝王皇族，下至黎民百姓，都十分热衷驯养鹦鹉。许多诗人在作品中也提及这一奇鸟，以鸟自比，各抒壮志与柔情。杜甫有诗“鹦鹉含愁思，聪明忆别离。翠衿浑短尽，红嘴漫多知”，寓才智之士生于乱世之不幸；范仲淹则写“性比孤鸾洁，声殊百舌繁”，表达自己孤直的志趣。

段公路的《北户录》专记岭南的异物奇事，他说岭南多鹦鹉，而且鹦鹉有三种，一种青色的鹦鹉和乌臼差不多大，还有一种白鹦鹉大如鹅，更大的是五色鹦鹉。据《太平广记》记载，天宝年间，岭南贡上一只白鹦鹉，能模仿人语，玄宗和杨贵妃十分喜欢，称它为“雪衣女”。唐玄宗让人把诗文念着教给它，数遍之后，这只白鹦鹉就能吟诵出来，逗人喜爱。后来这只可爱的“雪衣女”被老鹰啄死，玄宗与杨贵妃十分伤心，将它葬于御苑中，其坟称为“鹦鹉冢”。

■ 绿鹦鹉

五色雀并引

［宋］苏轼

海南有五色雀，常以两绛者为长，进止必随焉，俗谓之凤凰，云久旱而见辄雨，潦则反是。吾卜居儋耳城南，尝一至庭下，今日又见之进士黎子云及其弟威家。既去，吾举酒祝之曰："若为吾来者，当再集也。"已而果然，乃为赋诗。

粲粲五色羽，炎方凤之徒。青黄缟玄服，翼卫两绂朱。
仁心知闵农，常告雨霁符①。我穷惟四壁，破屋无瞻乌。
惠然此粲者，来集竹与梧。锵鸣如玉佩，意欲相嬉娱。
寂寞两黎生，食菜真臞②儒。小圃散春物，野桃陈雪肤。
举杯得一笑，见此红鸾雏。高情如飞仙，未易握粟③呼。
胡为去复来，眷眷岂属吾。回翔天壤间，何必怀此都。

【注释】

① 符：符应，指天显示的与人事相应的征兆。

② 臞：同"癯"，瘦。

③ 握粟：出自《诗·小雅·小宛》"握粟出卜，是何能谷"，用以指祈求神明护佑，去凶赐吉。

千百年来，历代名士均以一睹五色雀为荣，但有幸见到五色雀的人却寥寥无几。苏轼就是其中之一，他在卜居儋州城南时与五色雀一再相遇，心中大喜，欣然赋诗一首，诗中对五色雀多有赞美之辞，遂使五色雀名声大噪。

五色雀以五色为名，色彩丰富艳丽，我国的禽类以凤凰为尊，因凤凰为五色鸟，故古人认为“诸鸟之有文采者，皆为凤之子姓”。诗人将五色雀称为“凤之徒”，可能有此缘故。传说五色雀的神奇之处在于知气候阴晴，大旱时它出现则下雨，久雨见它则转晴。苏东坡为此赞美道：“仁心知闵农，常告雨霁符。”传说有贤人入山，五色雀就出来相见，有时集体出动，有时单独相见。《异物志》称：“山神使木客鸟迎贵人。”故此鸟又有“贵人鸟”之称。诗人在儋州生活朴素，但五色雀一再来到，叫声铿锵，令人欣喜。为何飞去又回来，眷恋于此？诗人猜想它难道是对自己有所嘱咐。飞翔徘徊于天地之间，何必怀念此乡？逗引诗人怀归之情。

五色雀是岭南特有的珍禽，但因产地不同，鸟雀特点又有所差异，苏轼所见之鸟以两绛者为长，屈大均记载罗浮山中的五色雀则以铁冠为长。五色雀有一个特别的名字——子弟雀，一来是因为俗称精致者为“子弟”；二来此雀从其长者如师，一依进止，尊卑有序，如子弟之恂恂。屈大均也赞美道：“（五色雀）是又能预报阴晴，不特迎贵而已，斯真可称灵禽。”

■ 清 · 张槃《凤凰立轴》

广州竹枝词·四喜鸟

[清]张祖德

催人四喜唤哑哑，姊妹相邀去看花。
欸乃①珠江春水绿，槟榔艇②泛素馨斜③。

■ 四喜鸟

【注释】

① 欸乃：象声词，摇橹声。

② 槟榔艇：广州城外载酒移棹春游之花船的别名。

③ 素馨斜：珠江西南岸花地，因素馨花繁盛而得名。

古人称人生最高兴的四件喜事莫过于“久旱逢甘雨，他乡遇故知。洞房花烛夜，金榜题名时”。在岭南，却有另一“四喜”，引人欢欣开颜。四喜鸟又名鹊鸲，因其性格开朗，活泼热情，喜欢歌唱，声音悦耳动听，所以俗称它为“四喜鸟”。诗人从四喜欢快的叫声入手，以鸟之兴奋写女孩们看花的喜悦。珠江上春水碧绿，摇橹声与水声相互应和，素馨花池游人如织，悠然之趣油然而生。

四喜鸟外表灵巧而又优雅，它的嘴修长美丽，像一条黑色的丝带镶嵌在头部正前方，它的尾巴粗壮挺直，如同绅士的燕尾服，端庄而不失风度。在中国的传统文化中，鸟类是不可或缺的角色，而在此之中，四喜鸟代表着喜庆吉祥。俗语说“宅中来四喜，家中出贵人”，有人认为四喜鸟是平安吉祥的象征，寓意着“福、禄、寿、喜”四喜临门。又有人为四喜鸟冠以美誉，称其“一喜长尾如扇张，二喜风流歌声扬，三喜姿色多娇俏，四喜临门福禄昌”。不过，自从南宋之后，我国的“四喜图”

■ 于非闇《四喜图》

画的都是喜鹊而不是名为四喜鸟的鹊鸲。

四喜是长江以南地区常见的留鸟，雄鸟外观如同一只小型的喜鹊，因而有人把它称为“南方的喜鹊”。岭南人喜爱养鸟，其中突出的爱宠当属四喜，许多人倾心于其婉转多变的鸣唱，将其豢养在笼中逗趣。岭南地区有喝早茶的习惯，一些人会在清晨时分，将鸟笼悬挂于茶馆檐下，边用早茶边听鸟鸣。值得一提的是，广式鸟笼与广式月饼一样，自成一家，独具特色，稳重之中不乏精巧之气，着实值得收藏鉴赏。

咏画眉鸟以双眉白得名

[明] 邓云霄

羽衣摇曳百花旁，自写春山作淡妆。
尽洗铅华随虢国，懒持螺黛[1]向张郎[2]。
应怜点额梅花小，颇妒横波柳叶长。
自是啼春情太苦，双蛾[3]先带九秋霜。

【注释】

① 螺黛：用以画眉的青黑色颜料，指代蛾眉。
② 张郎：张敞，汉宣帝时为京兆尹。张敞和妻子十分恩爱，每天为妻子画眉，整个长安城都知道张敞为妻子画的眉毛妩媚动人，有成语“张敞画眉”。
③ 双蛾：美女的两眉。

■ 清·华嵒《画眉》

画眉鸟的鸣声洪亮而婉转，富有韵味，因此人们赞其为“林中歌手”“鹛类之王”。画眉身体修长，具有流线型的外廓，羽毛色彩丰富而鲜丽。它的眼圈为白色，眼边各有一条白眉，匀称地由前向后延伸，并多呈蛾眉状，十分好看，故得此名。诗中将画眉鸟拟人化，写其羽衣摇曳、洗尽铅华的天然姿态，将其比作

“却嫌脂粉污颜色，淡扫蛾眉朝至尊”的虢国夫人、轻轻抬起动人双眉望向丈夫的张敞之妻，慵懒妩媚的神情呼之欲出。将视线聚焦在美人面，写妆面清淡，实则是通过额间梅花衬托细眉，表现画眉如《诗经》中所咏那般“螓首蛾眉，巧笑倩兮，美目盼兮”，眉目动人。

画眉鸟善鸣唱，从早到晚几乎唱个不停，鸣声婉转动听，在繁殖季节，雄鸟尤为善唱，鸣声亦更加悠扬，富有变化，古人称其叫声为“如意如意”。宋代欧阳修在《画眉鸟》诗中写其“百啭千声随意移，山花红紫树高低”，夸赞它百转千回的叫声引人入胜，自由的姿态令人向往；宋代岳珂在《闻画眉鸟声戏作》诗中亦有“木杪幽禽巧语新，何时曾记得名因”“尽称如簧啼白昼，未须对镜学青春”语，写其声婉转动听，直叫人忘了它本是因美貌而出名；宋代高翥在《春日北山二首》诗中称“春色满山归不去，拆桐花里画眉啼”，写春日繁花满山，鸟鸣其中的悠闲美景。

画眉是广州市的市鸟，受到民众的喜爱。画眉鸟不止擅长啼鸣、外貌姣好，还十分热衷于打斗，有“英雄鸟”之美誉。清代《南越笔记》记载：《闽书》称其“好斗善鸣”，《粤志》则谓“眉长而不乱者善鸣，胸毛短者善斗。又必越两日一浴，使毛羽光泽，身不生蝨，则其音流丽”。

■ 画眉鸟

子规

［宋］余靖

一叫一春残，声声万古冤。
疏烟明月树，微雨落花村。
易堕将干泪，能伤欲断魂。
名缰①惭自束②，为尔忆家园。

【注释】

① 名缰：名利如缰绳般束缚着人。
② 自束：解不开名利的束缚。

■ 杜鹃

广东韶关曲江人余靖是北宋著名的政治家，与欧阳修、王素、蔡襄被并称为“庆历四谏官”。景祐三年（1036），余靖冒着“越职言事”的风险为被贬的范仲淹上疏辩护，因此被贬至筠州（今江西高安）。该诗正写于此事发生之后。在这首诗中，诗人好像要把自己的心事都寄托在杜鹃的悲啼之中。杜鹃鸟的每一声啼叫都带着哀切的余音，仿佛有万古不解的冤情。明月下升起疏落的烟，微雨落在有花的村落，杜鹃就在此中悲鸣，气氛凄迷哀怨，令闻者叹息。听到杜鹃的啼鸣，即使是中年以后饱经忧患的人也不禁流下那将枯的泪水，那已快支撑不了的精神，又受到一回深深的创伤。诗人自叹受到名利欲念的束缚，深为惭愧，但也为之而怀念起故园来了。

杜鹃鸣声哀怨，背后还有一段与望帝有关的富于诗意的传说，令千古以来的诗人为之吟咏不绝。据《蜀王本纪》和《华阳国志 · 蜀志》载，周代末年，蜀王杜宇在

■ 丁宝书《子规啼遍》

蜀始称帝，号曰望帝，后退隐，让位于其相鳖灵，号曰“开明”。时适二月，子归鸟鸣，蜀人闻之，皆曰：“是望帝也。”传说中杜鹃鸟啼至出血方止，故诗中以谓有万古的冤情。李白多次提及子规悲啼，《蜀道难》中有“又闻子规啼夜月，愁空山”，在《闻王昌龄左迁龙标遥有此寄》中亦有“杨花落尽子规啼，闻道龙标过五溪”，托杜鹃道尽心中悲情；李商隐有名句“庄生晓梦迷蝴蝶，望帝春心托杜鹃”，借望帝化鹃的典故，抒发内心悲凄之感。

杜鹃鸟嘴上有一块红斑，当它啼叫时，嘴角看上去鲜红似在滴血，而这时恰好是漫山遍野殷红的杜鹃花怒放之时，于是古人便认为那些花“尽是冤禽血染成”，便有了“子规啼血染红杜鹃花”的传说，自此连杜鹃花也被蒙上了一层悲情的色彩。

■ 蓝孔雀

岭南杂事诗钞 · 孔雀

[清]陈坤

文采[1]从来祸易遭，屏开金翠一时豪。
却怜罗网[2]甘心入，不惜余生惜羽毛。

【注释】

① 文采：艳丽而错杂的色彩。

② 罗网：牢笼。

越鸟有三客：孔雀曰“南客”，白鹇曰“闲客”，鹧鸪曰“越客”。孔雀是鸟类中羽毛最具魅力的，堪称“百鸟之王”，长长的覆羽，羽尖有虹彩光泽的“眼圈”，周围绕以蓝色及青铜色的羽毛。虽然自古以来，华丽的色彩就容易招来祸事，但孔雀仍旧保持骄傲，抖擞金翠的尾屏展示自己的华美英姿。东汉杨孚的《异物志》记载：“孔雀，其大如大雁而足高，毛皆有斑文彩，捕而畜之，拍手则舞。”孔雀十分爱惜自己的羽毛，《广东新语》记载“其栖宿必择置尾之所，雨至犹珍顾不复骞举，宁为罗者所得，而不肯伤其羽毛”。诗人因此生发感叹，怜惜之情尽显无余。

孔雀一直以来被当作凤凰的人间真身，它绚丽多彩的羽毛让不少人着迷。文人骚客往往抒写失去自由的笼养孔雀，表达对它们的同情。刘克庄《邻家孔雀》诗有“初来毛羽锦青葱，今与家鸡饮啄同。童子有时偷剪翅，主人常日少开笼”之句，可见笼养的孔雀有时还被剪去翅羽，可能是为了防止其飞逃。方浚颐《西园偶作二首》其二亦有“陇客雪衣嫌太素，吴都綷羽合争奇。聪明每受樊笼困，文采难逃组绶縻”之句，描写孔雀或困囚于笼舍，或受羁于丝绳的艰难处境。

孔雀因体态英武、富贵华美，被视为祥瑞，自古受帝王喜爱，常作为贡品，豢养于皇家庭院中。又因有锦绣前程、满堂富贵等美好寓意，其在宫廷绘画题材中亦颇为多见。

■ 陈树人《孔雀图》

岭南杂事诗钞·灵鹅

[清]陈坤

林下优游[1]梦也恬[2]，清风明月护茅檐。
不须响打咚咚鼓[3]，自有鹅更一夕严。

【注释】

① 优游：生活得十分闲适。
② 恬：安逸恬适。
③ 咚咚鼓：报时信号。

“鹅，鹅，鹅，曲项向天歌。白毛浮绿水，红掌拨清波。”骆宾王的《咏鹅》诗为儿童打开了动物世界的大门。鹅的全身都是宝：其羽毛可做成富贵华丽的服装；鹅肝是高等餐桌上的美味；鹅肉营养丰富，价值能与羊肉相媲美，是高档餐馆的必备。岭南的鹅在诗人的笔下优哉游哉，于林下闲适安然地生活游戏，伴着清风明月做一场好梦。虽然生活悠闲，但鹅可不甘于寂寞，它以鸣声为更

■ 赵叔孺《芭蕉双鹅》

鼓，为人们报告时间，《广东新语》载：“从化有灵鹅，状如水鹅，每至夜中则鸣，乡落无更鼓，多以为候，谓之鹅更。”

唐代白居易有诗《鹅赠鹤》，写“君因风送入青云，我被人驱向鸭群”，将鹅与鹤对比，鹤借助风力飞入青天自由翱翔，鹅却命运不济被迫和鸭子为伍，诗人为鹅叫屈；唐代李郢诗《鹅儿》有“无事群鸣遮水际，争来引颈逼人前”句，写小鹅没事的时候成群地在水际鸣叫，争相伸长了脖颈直逼人前的生动情景；宋代晁冲之诗《春日》有“鹅鸭不知春去尽，争随流水趁桃花”句，描画鹅鸭不知道春天已过，还争相随着流水去追赶桃花的活跃姿态。

岭南河网密布，天然适合养鹅，鹅也成了粤菜食单中不可或缺的食材，烧鹅、卤鹅、焖鹅、焗鹅均名扬四海。广府人在宴客、祭祖等活动中，常以烧鹅为主菜。而在潮汕地区，无论是逢年过节祭祖拜神，还是中元节赈济游魂野鬼，都离不开卤鹅。在盛产鹅的地区，与鹅相关的活动也十分流行，如潮汕民间有斗鹅的风俗，屈大均在《广东新语》中记录：“潮人有斗鹅之戏。鹅，力鹅也，重者三四十斤，斗时以咬眼为上，咬舌次之。”汕头澄海的民间艺人以潮汕民间曲调为基础，创立了表现乡野之间狮头鹅神态习性的双咬鹅舞。

■ 狮头鹅

白鹇

［清］屈大均

一夕秋风坠井梧，雌雄无叶两身孤。
樊笼[1]岂似青山好，毛羽犹如白雪无。
孝鹝娱人[2]频吐锦，文鸾报主亦衔珠[3]。
情多更似收香鸟，日夕帘间就彼姝。

【注释】

① 樊笼：关鸟兽的笼子。

② 娱人：使人欢乐。

③ 衔珠：相传春秋时隋侯出行，救治了一条大蛇，一年后大蛇衔明珠以报之。诗文中多用“衔珠”喻指报恩。

■ 白鹇

白鹇是广东省省鸟，其翎毛华丽、体色洁白，晋代张华所撰《鸟经》记载其“颜色纯白，行止闲雅，故名白鹇”，又因为啼声喑哑，被称为“哑瑞”。《广东新语》称白鹇“雌雄挚而有别，终日并游，人未尝见其乘居而匹处，雌雄不相戏狎，若朋友然”，故诗中以“孤”字形容，点明其性格特点。白鹇性机警，胆小怕人，喜好自由的所在，它们多在林中树枝上栖息，有时一个群体同栖，相互靠拢，排成一条直线，次日清晨再一一飞下地活动。

历史上，白鹇一直都是被文人雅客所喜爱的珍禽，乐圣师旷在《禽经》中写其

"似山鸡而色白，行止闲暇"，弹奏古琴的指法中亦有一个动作被命名为"白鹇腾踏"。在有关白鹇的历史典故中，最出名的还当属诗仙李白为其赋诗。李白喜养禽鸟终生不倦，即使到处漂泊，也乐此不疲。黄山隐士胡公养有一对白鹇，是由家鸡孵化，从小饲养长大的，十分温顺。李白在青城山时曾养过此鸟，但因此鸟野性较强而没有驯养成功。所以他对胡公的白鹇掩饰不住钟爱之情，胡公欣然答应奉送双鹇，但要求"谪仙人"亲笔题诗一首，李白欣喜若狂，马上写了带有序文的《赠黄山胡公求白鹇》"请以双白璧，买君双白鹇。白鹇白如锦，白雪耻容颜"。他将白鹇与白璧相提并论，以白锦喻白鹇毛色之美，表达出自己得到珍禽后的欣喜之情。

■ 元·王渊《牡丹白鹇图》

在古人看来，白鹇洁白的羽毛象征着清廉，代表了洁身自好的品性，它身姿优雅，不与其他鸟类混杂，于是就被选作了五品文官的象征，绣到了清朝官员朝服的补子上，寓意官员能行止高洁，正直清廉。

■ 海鸥成群飞翔

白鸥

[明] 何巩道

点点沙鸥入望微，客心寥落①共依依。
每怜弱羽因②风起，最惜同群杂雪飞。
渔父自应同订约，世人谁可学忘机③。
落花踪迹随流水，似得烟波去复归。

【注释】

① 寥落：孤单，寂寞。

② 因：凭借。

③ 忘机：道家语，意为消除机巧之心。

“泽畔行吟处，天地一沙鸥”，南宋爱国词人张元干晚年以沙鸥自况，面对艰难的世事，深感自己漂泊无依，流露出伤感寂寞之意，他所见的沙鸥穿越了地理的图卷，亦出现在岭南的风物画中。诗人亦以沙鸥与渔父为点，勾勒出一幅辽阔的江景图：山峡云雾里，沙鸥显得渺小，点点身影乘风而起，自在翔游；广阔江波上烟波浩渺，载着旅人的行舟缓缓而行，踪迹不定。鸥鸟在风中是如此纤弱，惹人怜惜，诗人孤独地在此间飘荡，又何尝不是如此呢？渔父更似隐居之士，在山林之间涤荡尘心，忘却世俗烦庸，做一个淡泊清静、与世无争的方外之人，但世上又有几人能达到这种境界？诗人渴望自己能够忘却缠绕心间的俗事，却似乎始终无法抵达安心的归处。

白鸥是古时常见的禽鸟，它们生活在海上，也常出现在内陆的湖泊和河流附近。古代文人善于从自然中捕捉灵感，圣洁的白鸥常常令人诗兴大发，而以白鸥为题的诗文亦屡有佳作。宋代俞桂《过湖》诗有“舟移别岸水纹开，日暖风香正落梅。山色蒙蒙横画轴，白鸥飞处带诗来”句，写若隐若现的山色像幅展开的画卷，白鸥飞过带来了吟诗的雅兴；宋代范仲淹《岳阳楼记》有“沙鸥翔集，锦鳞游泳；岸芷汀兰，郁郁青青”句，记沙洲上的鸥鸟，时而飞翔，时而停歇，清澈的水中有鱼儿自由来去，汀岸上草木茂盛、青翠欲滴之景。

在海上，富有领航经验的海员通过观察白鸥的行为，就能知道暗礁的位置、预判海上的天气。白鸥贴近海面飞行，说明未来天气晴好，如果白鸥沿着海岸徘徊则不然，因此，白鸥被人们称为海上航行安全的预报员。

■ 高奇峰、高剑父、邓尔雅《海鸥》

芭蕉

[宋]洪皓

芭蕉非一种，南粤竟成丛。
结实陪房绿，舒花焰火红。
象蹄形甚伟，筒葛①衽②尤工。
羁旅牵愁思，秋窗夜雨中。

【注释】

① 筒葛：筒裙葛衣。

② 衽：袖子。

芭蕉是南方物种，带有地域指向性，成为很多诗人笔下难忘的情结。本诗由物及人，通过写南粤的芭蕉暗示自己所处的地理位置，借“雨打芭蕉”的场景书写羁旅的愁思。芭蕉虽然在很多地方都能见到，但南粤的芭蕉又自有特色。诗中以绿叶红花的颜色对比描摹不同的植物形态，又以“象蹄”“筒葛”刻画芭蕉的外形特征，最后由景物转向诗人自身，写自己踽踽独行在外的思乡思亲之苦。

诗人眼里，芭蕉常常与孤独忧愁，特别是离情别绪相联系，对芭蕉颇为怨悱，其诗词也柔婉动人。“雨打芭蕉”场景并非此诗独有，因芭蕉“枝肥叶大”，雨点打在上面会有潇潇之声，如泣如诉，古人把伤心、愁闷借着雨打芭蕉一股脑儿倾吐出来，写下了许多脍炙人口的不朽诗篇。唐代白居易的《夜雨》有“隔窗知夜雨，芭蕉先有声”；南唐后主李煜在《长相思 · 云一緺》中写“秋风多，雨相和，帘外芭蕉三两窠。

夜长人奈何”；宋代陆游《秋兴》亦有“蟋蟀独知秋令早，芭蕉正得雨声多”。除“雨打芭蕉”外，“蕉叶题诗”也成了文人墨客喜爱的风雅之事，二者一起构成了芭蕉在文人生活、思考、经营人生时诗意书写的基本类型。

许多人初到南方不识芭蕉，错把香蕉当芭蕉，其实二者同中有异。从外形上看，香蕉弯曲呈月牙状，果柄短；而芭蕉的两端较细，中间较粗，一面略平，另一面略弯，呈圆缺状。芭蕉不仅果实可以食用，它的纤维还被岭南人用来织布，这种布被称为蕉布，是著名的工艺品。古人很早就发现，种在贫瘠山间的芭蕉，蕉丝坚韧，适合织布，相反，肥沃土地中生长出来的芭蕉，多实而丝脆，不堪为布。故有谚语曰“衣蕉宜瘠，食蕉宜肥。肥宜蕉子，瘠宜蕉丝”。

■ 芭蕉花蕾

岭南杂事诗钞·化橘红

[清]陈坤

影透斜阳树树红，堂开苏泽企[1]流风。
此中仙叟归何处，尚有余香著药笼[2]。

■ 化橘红果

【注释】

① 企：希求。

② 药笼：盛药的器具。

有道是"一字千金"，可知水果也能"一片值一金"？这说的就是自古被称为"南方人参"的化橘红。化橘红外呈黄绿色，密布茸毛，在夕阳的映照下显得红润。清代中医学者赵学敏在《本草纲目拾遗》中引《岭南杂记》道："化州仙橘，相传仙人罗辨种橘于石龙之腹，至今犹存，惟此一株，在苏泽堂者为最，清风楼次之，红树又次之。"诗中称"堂开苏泽"当用此典，以记橘红中之佳品。虽然仙人现在已经不可寻，但是化橘红制成的中药还在民间广泛使用，药笼中的清香久久不散。

化橘红的果皮是传统中药，有化痰理气、健脾消食的功效。明末清初，化橘红的药用效果传入宫廷，被列为御用药物。其时，化橘红从开花到结果都有官府派兵守护，亲信亲点果数，逐一编号，且有脱落须拿到官府注销，然后每年收获季节按例上贡朝廷。明朝内阁首辅梁储有诗"八家化橘绒绒果，千里入朝岁岁丰"，写的就是这药中圣品被上贡的盛况。清代翰林院士林召棠有诗“倚栏波彩凫鸥乱，压树霜绒仙橘香”，记述家乡化橘红成熟时节的场景。

化橘红以广东茂名化州所产最为著名。化州古称“石龙”，因盛产化橘红，又名“橘州”，被誉为“化橘红之乡”。据州志记载，“化州城内宝山及署内礞石之土质”，“礞石能化痰，橘红得礞石之气，宜化痰”，所以化州橘红品质和功效较之大多数其他产地的都更为上佳。化橘红果实加工干制后，皮色变黑，绒毛呈黄色，外壳坚硬似木，可制作各种精巧的工艺品。

■ 经过加工的化橘红片可入药

杨梅

[宋]韩上桂

杨家奇果几能知，岭峤①人言胜荔枝。
玉盘满饤②琼英灼，赠尔还将鼎实③期。

【注释】

① 岭峤：五岭别称，泛指五岭地区。
② 饤：供陈设的食品。
③ 鼎实：鼎中的食物，指美味佳肴。

杨梅是一种地道的中国水果，已有两千多年的栽培食用历史，在长沙马王堆汉墓中就发现过盛有杨梅的陶罐，西汉陆贾的《南越行纪》载：“罗浮山顶有湖，杨梅、山桃绕其际。”由于产期短还不耐储存，新鲜杨梅在古代是“初疑一颗值千金”的稀罕物，得到了一众高士文人的青睐。诗人称它为“杨家奇果”，五岭地区的人们则说它比荔枝还美味。成熟的杨梅或殷红或鲜红，如美玉一般耀眼，果香清爽，汁水浓郁，滋味酸甜醉人，堪比盛宴佳肴，更是送礼佳品。

■ 吴昌硕《杨梅》

■ 杨梅

杨梅形状像水杨子，味道似梅子，故而得名。它色泽艳丽，酸甜可口，自古就博得不少雅名，诗仙李白有“玉盘杨梅为君设，吴盐如花皎白雪”句，令人垂涎；宋代陆游为之倾倒，直言要“欲乘风露摘千株”，称其为“骊珠”，有诗“未爱满盘堆火齐，先惊探颔得骊珠”；明代徐阶为它冠上“龙睛”的盛名，写有“折来鹤顶红犹湿，剜破龙睛血未干”，描摹其瑰丽颜色；而自称为杨梅“本家”的宋人杨万里咏杨梅“玉肌半醉生红粟，墨晕微深染紫囊”“火齐堆盘珠径寸，醴泉浸齿蔗为浆”，则将杨梅的色、味、形刻画得淋漓尽致。

“园果无双，予曾为天涯亭过客，故知此果之佳。”齐白石在一幅杨梅画中这样称赞杨梅的独特魅力。杨梅画寄托着白石老人对生活最朴素、最本真的祈愿，承载着他对岭南风物与人文的喜爱与眷恋，也关联着画坛一代宗师与岭南的因缘以及他在岭南的深刻踪迹。

芒果

［清］岑澂

若论香味颇堪珍，草木南方古未闻。
落实已非无患子①，虚花须惊妄谈②人。

【注释】

① 无患子：别名木串子、洗手果，花朵与芒果花相似，果实则形似龙眼。
② 妄谈：妄言胡说。

《本草纲目拾遗》中引用了《粤志》对芒果的记载：“其子五月色黄，味甜酸，飘洋者兼金购之，有夭桃与相类，六七月熟，大如木瓜，凡渡海者食之不呕浪。”芒果的酸甜滋味在医书中已负盛名。诗人对这一果品也给出了高度的赞扬，认为单从香味论起，就已经十分值得珍赏，更不要说其颜色灿烂，滋味酸甜丰富，惹人喜爱。

《广东通志初稿》记载：“芒果，种传外国，实大如鹅子，状生则酸，熟则甜，惟新会、香山有之。”可见芒果虽是个外来客，却在岭南扎了根，这也解释了“草木南方古未闻”的因由。

在印度，无论是普通百姓，还是宗教信仰者，都认为芒果对他们有着特殊的意义，他们把芒果的花朵称为“春天的灵魂”。印度人认为芒果象征着吉祥，所以在他们的婚礼中，喜欢用芒果树的树枝和树叶搭建通往婚礼大棚的通道，祝福新人婚姻美满、生活幸福。据传，第一个把芒果介绍到印度国以外的人是中国唐朝高僧玄奘法师，在《大唐西域记》中就有“庵没罗果……见珍人世者”的记载，为芒果的扬名奠定了基础。

如今在南方，人们常常选择种植果树作为行道树，将其投入城市的绿化建设之中。芒果因高大挺拔、枝叶茂密、适应能力和抗风能力强，成为广东各大城市常见的行道树。正如南京的梧桐、北京的银杏，行道树不只是城市生态的守护者，更是一座城市的文化名片。芒果果树作为乡土品种，种植历史源远流长，构成了南方城市的特色风景，同时也是城市文化的重要组成部分。

■ 即将成熟的芒果

食荔枝二首并引（其二）

[宋]苏轼

惠州太守东堂，祠故相陈文惠公，堂下有公手植荔枝一株，郡人谓将军树。今岁大熟，常啖之余，下逮吏卒，其高不可致者，纵猿取之。

罗浮山下四时春，卢橘[①]杨梅次第新。
日啖[②]荔枝三百颗，不辞长作岭南人。

【注释】

① 卢橘：枇杷的别名。

② 啖：吃，咬着吃硬的或囫囵吞整个食物。

■ 采摘荔枝

听过“一骑红尘妃子笑，无人知是荔枝来”的盛名，老饕东坡先生可不愿错过。新摘的荔枝外壳暗红好似朱瓦，纹路起伏有如浮雕，剥开一瞧，却是嫩白的肌理，水润丰盈，吃进嘴里只觉得馨香甘甜，沁人心脾。这样的滋味享受，稍稍抚慰了东坡先生困顿的心灵。

在岭南时，苏轼正处于出世与入世两难的心境之中。惠州，是苏轼第二次被贬谪的地方。初到此地，他觉得这个地方很适合归隐，也想像晋代陶渊明那样，回归田园生活。可是，内心强烈的社会责任感驱使着他振作起来，借着另一首诗《荔枝叹》，“我愿天公怜赤子，莫生尤物为疮痏”，可以看出来他心系社稷、情系百姓的胸襟。既然没有办法回到朝堂、回到故乡，逐渐被荔枝等岭南风物吸引的他选择随遇而安，好好经营惠州的事业。

荔枝产于中国南方，它在中国的栽培和食用历史，可以追溯到两千多年前的汉代。屈大均写有《广州荔枝词》五十五首，记述荔枝的典实以及品种、产地等；道光年间诗人谭莹写有《岭南荔枝词》一百首，每首下注解详细，可作一篇岭南荔枝史读。岭南人不仅爱吃荔枝，还擅于创新，将荔枝和各种食材进行搭配，做成荔枝宴，引得天下食客称赞。然而，面对赞美，岭南百姓发出了真诚的疑问：一颗荔枝三把火，谁敢一天三百颗？纵然存疑，但东坡先生对荔枝的喜爱确实溢于言表。广州增城、茂名高州的荔枝名扬在外，但惠州荔枝不甘落后，通过主打东坡文化品牌、打卡“日啖荔枝三百颗”雕塑、举办东坡荔枝文化节等活动，也在荔枝界博得一席之地。

谢刘宪惠龙眼诗

[宋]朱翌

龙目秋成亦一奇，略无瘴雾损瑶肌。
荔枝韵胜材谁亚，益智①名同性即非。
侠士从禽②携弹去，鲛人探海得珠归。
不须直待枯成腊，便遣尊前解褐衣③。

【注释】

① 益智：龙眼别名。

② 从禽：追逐禽兽。

③ 褐衣：此比喻龙眼，因其果壳为褐色。

■ 龙眼

■ 丁辅之、沈景乾《葡萄龙眼图》

龙眼是秋天收获的果品，稍晚于荔枝。古人以为南方多瘴气，而龙眼生于南方，却不受瘴雾侵染，滋味甘美鲜嫩。同是岭南有名的佳果，自然少不了有人将它与荔枝对比，因为它迟熟，果又较小，故有“荔枝奴”的戏称。但也有许多人认为其味更胜于荔枝，又有美好的寓意，给它冠上“益智”的别名。因为它圆润丰满的外形，诗人联想到侠士狩猎时用的弹珠与鲛人探海采得的珍珠，黄褐的表皮似前者，白润的内里像后者，或许可以假乱真。尾联用拟人手法，写龙眼自己解开褐色的衣衫，实则用玩笑的口语写出品尝佳果当及时，莫待无“果”空折枝。

龙眼不仅因其营养价值而有“益智”之名，更在岭南文化中象征许多美好的意头。龙眼又称桂圆，有着团圆美满、早生贵子、家庭幸福的寓意。因形状近似球形，如诗中所写“弹丸”“鲛珠”，桂圆又代表着团团圆圆的含义；且它结果数量较多，呈串状分布，寓意多子多福；“桂”又与“贵”同音，代表着贵子，许多地方将桂圆送给即将结婚的朋友，祝愿他们幸福美满。

岭南种植龙眼的历史源远流长，迄今已有2000多年，早在西汉时期，茂名高州龙眼就已作为贡品向朝廷进献。从汉代开始，龙眼作为罕见珍品进贡朝廷，受到历朝历代王公贵族的盛赞。《后汉书·孝和孝殇帝纪》载：“旧南海献龙眼、荔枝，十里一置，五里一候，奔腾阻险，死者继路……帝下诏曰：‘远国珍羞，本以荐奉宗庙。苟有伤害，岂爱民之本。其敕太官勿复受献。’”今天，龙眼已成为广东人养生、送礼、待客的佳品。

■ 菠萝蜜又称树菠萝

菠萝蜜

[明]王佐

硕果何年海外传，香分龙脑落琼筵[1]。
中原不识此滋味，空看唐人异木[2]篇。

【注释】

① 琼筵：盛宴。

② 异木：珍奇的树木。

据传，菠萝蜜之名来源于《心经》中的“般若波罗蜜多”，意即“到彼岸了”，指它的成长要经历困苦才能得到甜美的果实，因此，菠萝蜜又被称为“南国圣果”。诗中将菠萝蜜来历娓娓道来：这是原产于印度的热带水果，在印度被人尊为“佛果”，大约在隋唐时期与佛教一起传入中国，其名最初是梵文直译，叫频那挲。因为它是热带水果，故而北方中原地带的人大多只闻其名，未曾尝过它的味道，只能通过唐人的记载想象，令人惋惜。

王佐虽是山东人，却与岭南颇有一段渊源。明成化二年（1466），他受命出任广东高州同知，后改任福建邵武府同知。两地均遇盗乱，他力主安抚，分化贼势，境内得以安清。王佐一生好学，晚年归家常与密友谈论诗文，优游山林，养花种草，著书自乐。他以七旬高龄跋涉琼州各地，遍访风土人物，广搜民俗掌故，修成《琼台外纪》一书。他尤以诗文见长，被誉为海南四大才子之一，世称“吟绝”。

“大如冬瓜，外肤礌砢如佛髻，削其皮食之，味极甘。”南宋范成大在《桂海虞衡志》中对菠萝蜜的评价精准而传神。广东南海神庙中有两棵菠萝蜜树，据《广东新语》记载：“相传波罗国有贡使，携波罗子二登庙下种，风帆忽举，舶众忘而置之，其人望而悲泣，立化庙左。土人以为神，泥傅肉身祀之，一手加眉际，作远瞩状，即达奚司空也。”明代戏曲家、诗人汤显祖听说后，还写下《达奚司空立南海王庙门外》，曰“至今波罗树，依依两蒙密。波声林影外，檐廊暝萧瑟”，以作凭吊。

■ 菠萝蜜果肉

雷阳曲（其五）

[清]屈大均

数钱争出手纤纤，叶结[①]鸳鸯满玉奁[②]。
莫道槟榔甘液好，买侬椰子更心甜。

【注释】

① 结：叠。

② 奁：妇女梳妆用的镜匣。

■ 高大的椰子树

椰子树可谓是最具热带风情的树种之一，碧蓝的天空下一行整齐的椰子树，总让人想起湿热的海风和热情的海浪。诗人在此处描写的就是海边的热带风情。雷州、琼州多有妇女在市集上贩卖槟榔，她们将槟榔叶叠成鸳鸯相互馈赠，点椰汁于其中。若说滋味享受，还得数椰子沁人心脾，连在当地盛行的槟榔都得甘拜下风。诗人由人及物，刻画了一幅别开生面的琼州风情画。

西汉司马相如在《上林赋》中写“留落胥余，仁频并闾”，其中“胥余”就是椰子，可见椰子在我国的种植历史十分悠久。唐代沈佺期被流放驩州后写下“日南椰子树，香袅出风尘。丛生调木首，圆实槟榔身”，生动形象地描写了椰子树袅娜的风姿。苏轼谪居海南儋耳（今儋州市），称椰子水“美酒生林不待仪”，夸赞椰子中有自然之酒，以至于不用仪狄教人酿酒了，并赋诗称赞用椰子壳雕成的椰子冠“规模简

古人争看，簪导轻安发不知”。苏轼的好友黄庭坚也与他志趣相投，除椰子冠外还得到了椰子制作的茶瓶，特意将其赠与友人，并赋诗“硕果竇林梢，可以代悬匏。携持二十年，煮茗当酒肴”以记述。

海南四大才子之一丘濬在《南溟奇甸赋》中称椰子“一物而十用其宜”。椰树浑身是宝，对此古人早有经验，明代《华夷花木鸟兽珍玩考》中就提到椰子有十般用途：嫩者有浆甜美可食、酿酒，老者肉打油、做糖、做饭，外衣打索造船，壳为碗为酒钟，制酒时作燃料，雕琢打造可放金银首饰，树好造房，叶堪盖屋。

■ 椰子果实

岭南荔枝词 · 黄皮

[清]谭莹

赤露含浆[1]树树甜，倾林饱啖更无嫌。
园中昨下黄皮果，解饫[2]何须借海盐。

【注释】

① 浆：较浓的汁液。

② 饫：吃饱。

《太平御览》引《临海异物志》记载：“王坛子，如枣大，其味甘。晋安侯官越王祭坛边有此果，无知其名，因见生处，遂名王坛。其形小于龙眼，有似木瓜。”这种形似木瓜，饱含“王气”的水果就是黄皮。成熟的黄皮果皮色泽金黄，汁液甜酸适口，带有橘柚的清香，提神开胃。民间谚语说“饥食荔枝，饱食黄皮”，说明黄皮本身就是助消化的药物。诗人因此生发感慨：即使将林子里全部的果实都吃掉也不怕吃撑，有了黄皮，要助消化何须再用海盐呢？

诗人谭莹是广东南海人，莹升琼州府学教授后为阮元所赏识，荐为学海堂学长，长达三十余年，兼粤秀、端溪、广雅等书院监院。他的友人伍崇曜家富，藏书亦富一时，然学识不及，聘他汇刻《岭南遗书》《粤雅堂丛书》等书。他博征粤中文献，先后藏书三万余卷于乐志堂中，为广东书籍流通做出了不小的贡献。

广东人非常喜爱黄皮，认为其老少咸宜，多食无妨。黄皮果实、叶和种子都可入药，一身都是宝，因此素有“果中之宝”的美誉。自宋代以来潮汕乡民就用黄皮果加工制成凉果“黄皮豉”，在广东人的眼中，它不仅是零食凉果，更是一味长在家门口的居家保健良药。此外，黄皮叶还是一种中药材，用它煮水洗澡有清热解毒、清凉止痒的功效，广东民间还将它作为迎祥驱邪的佳品，当家里面临重要事情时，老妈妈们总会准备黄皮叶洗澡水，供家人沐浴，祈祷顺利吉祥。

■ 鸡心黄皮

题桄榔树

■ 桄榔树林

[宋]杨万里

化工[1]到得巧穷[2]时，东补西移也大奇。
君看桄榔一窠子，竹身[3]杏叶海棕枝。

【注释】

① 化工：天工，指自然生长的功能。
② 巧穷：指极尽巧妙方法。
③ 竹身：树干像竹有节。

想必很多人都吃过椰肉、喝过椰汁，但有一种另类的椰子却少有人问，那就是“砂糖椰子”——桄榔子。桄榔子就是桄榔的果实，桄榔多见于岭南，是一种承载着深厚历史文化印迹的热带植物。在古代，桄榔曾作为我国南方地区少数民族的重要木本粮食作物。《本草纲目》引用唐代陈藏器的记载：“按《临海异物志》云：……皮中有白粉，似稻米及麦面，可作饼饵。”书中还提到桄榔面“作饼炙食腴美，令人不饥，补益虚羸损乏，腰脚无力”。

桄榔长相十分奇特，中原未曾有见，因此北来之客对其十分感兴趣。“一窠子”即一朵子，桄榔每朵有成百条穗，每条穗结有十几至二三十粒果子，果子珠状，幼嫩时青绿色，成熟变成紫黑色。诗人借常见的花木描摹桄榔的外形：树干像竹，叶子似杏叶，枝干如海棕树。桄榔因为身材高挑且刚硬挺直，在民间获得了“独霸一方”“南天一柱”等帅气的称号。初唐宋之问在贬官南行途中也以诗句“薜荔摇青气，桄榔翳碧苔”描摹桄榔亭亭玉立、荫蔽一方天地的场景。

宋淳熙七年（1180）正月，杨万里赴任提举广南东路常平茶盐公事。他花了一年时间整顿茶盐市场，不仅抑制了盐价上涨，还超额完成盐茶税的征收。显著的政绩得到了肯定，朝廷决定改任他为提点广南东路刑狱公事，执掌一路的司法刑狱。在广东的三年里，杨万里扼守梅关大庾岭，审查案件，维持地方社会治安，镇压地方盗贼。一路上，他以诗纪行，写下了五十多首诗，勾勒出了宋代清远、英州的自然与人文的画卷。

■ 桄榔果实

广州竹枝词·槟榔

[清]屈大均

日食槟榔口不空，南人口让北人红。
灰①多叶②少如相等，管取胭脂③个个同。

【注释】

① 灰：蚬灰。
② 叶：蒌叶。
③ 胭脂：红色颜料。

虽然湖南人吃槟榔远近闻名，但广东人吃起槟榔来也不遑多让。槟榔“疗诸疟，御瘴疠”的功用使得“嗜食槟榔”的习俗很早就在岭南地区盛行，而岭南地区又以广州为甚，诗中所述即粤人吃槟榔的场景。新鲜槟榔口感酸涩，吃时要搭配蒌叶，叶上涂一些蚬灰。折成一个小三角送入口中，慢慢嚼咽，直至口中生津、口唇变红，人人都像抹上了胭脂一样。

据古籍记载，粤人嚼食槟榔时相当讲究，还

■ 槟榔树

习惯配合别的药物、香料，如蒌叶、蚬灰、丁香、桂花等食用。这样做一方面能够减弱槟榔的苦辛味，另一方面是为了使它们相互配合提高疗效。早在东汉杨孚的《异物志》中就有关于岭南越人嚼食槟榔的记载，由此可见，槟榔很早就受到古人的关注，且自从岭南产槟榔以来，槟榔愈来愈受到当地乡民喜爱。屈大均《广东新语》亦载："杂扶留叶、椰片食之，亦醉人。"粤人嗜食槟榔的风气，一直延续了好几个世纪。

自魏晋以后，由于深受人们的喜爱，槟榔在广东居民生活中的地位逐渐提高，超过了它本身的药用价值，逐渐成为一种重要的礼果，在各种礼节习俗中发挥着重要作用。古代广东居民盛行用槟榔待客，但凡亲邻来访，不送茶水，先以槟榔为敬，认为这是最好的招待方式。在婚礼和祭祀中，槟榔都不可或缺，象征着吉祥如意、生活幸福、健康长寿。罗浮道人李亦仙的解释正是当时槟榔礼俗的佐证："槟作宾传唤，榔犹呼作郎。订婚和款客，珍重已名将。"

岭南杂事诗钞 · 柠檬

[清]陈坤

风味无殊[1]溅齿梅，却能宜母善安胎。
不愁不解相如渴[2]，妙酝[3]金茎露一杯

【注释】

① 殊：差异。

② 相如渴：引司马相如典，指患消渴病。

③ 酝：酿酒。

柠檬元明时多称“宜母子”，作为药用，最早见于《广东新语》：“宜母，子似橙而小，二三月熟，黄色，味极酸，孕妇肝虚嗜之，故曰宜母。”诗人从柠檬的风味写起，描述其酸涩无异于“溅齿梅”，接着又道出其名字的由来。唐代诗人李商隐有《汉宫词》写“侍臣最有相如渴，不赐金茎露一杯”，此诗与其有同工之妙，都用司马相如患有消渴症的典故，本诗赞柠檬水的妙用，以其作“金茎露”，自然能够消除干渴，令人神清气爽。

■ 腌柠檬

■ 树上的柠檬

在大航海时代，欧洲海员常受坏血病之苦。英国医生林德试用新鲜蔬菜、水果和药物等，对患病的水手进行医疗试验，发现食用柠檬具有“仙丹”般的奇效。后来英国海军规定水兵入海期间要饮用柠檬叶子水，两年后英国海军中的坏血病就绝迹了。英国人因此常用“柠檬人”这个有趣的雅号，来称呼水兵和水手。无独有偶，中国的宫廷之中也有饮用柠檬水的记录，《广东新语》载：“元时，于广州荔枝湾作御果园，栽种里木树，大小八百株，以作渴水……吴莱诗：‘广州园官进渴水，天风夏熟宜檬子。百花酝作甘露浆，南国烹成赤龙髓。’盖以里木子榨水煎糖也。”

除广州的“渴水”外，潮汕的咸柠檬也十分有名。咸柠檬是甄选潮汕老南檬腌制的，老南檬原本外皮青绿，形状浑圆可爱，香气浓郁，味道甚酸，潮汕人都将它称为“南檬”。未腌制的南檬酸到掉牙，但是腌制后会带着浓烈的柑橘香，味道比陈皮更加浓厚，港式茶餐厅中的“咸柠七”往往用它奠定味觉基调。

■ 横截面似五角星

咏杨桃

[宋]苏轼

碧云翠楼山水间，小桥流水鱼儿闲。
杨桃压枝沉欲坠，寒冬未尽已春天。

许多人都是从小学课本中得到对杨桃的最初印象，课文《画杨桃》中作者因对着杨桃的一头，画出了一颗五角星，令人记忆深刻。杨桃的横截面形状酷似星星，故而有“星星果”之名。其实早在古代，杨桃就俘获了许多人的芳心。此诗中，诗人享受山水之间的闲适生活，蓝天白云映衬着翠绿的阁楼，小桥流水下的鱼儿也很悠闲，杨桃树上硕果累累，压得树枝摇摇欲坠，冬天还没有结束，春天已然悄悄来到。

最早记录这种水果的是西晋嵇含所著的《南方草木状》："五敛子，大如木瓜……上有五棱，如刻出。南人呼棱为敛，故以为名。"李时珍则记录："五敛子出岭南及闽中，闽人呼为阳桃。"在传播过程中，"阳桃"又被传为"杨桃""洋桃"。清代咸丰《琼山县志》中记载："洋桃，种自大洋来，有甜、酸二种，树高二三丈，花红色，实五瓣，然亦有六瓣、七瓣者。始产闽中，今琼地亦处处有之。"清代诗人阮元有《杨桃》诗"谁知五棱桃，清妙竟为最。试告知味人，味在酸甜外"，记述酸甜滋味之享，夸赞这一南方名果。南宋爱国诗人辛弃疾亦有诗《临江仙·和叶仲洽赋羊桃》，云"黄金颜色五花开，味如卢橘熟，贵似荔枝来"，描述杨桃味如成熟的卢橘（枇杷），味道绝美，更盛誉其身价之名贵，和荔枝不相上下。

杨桃有酸、甜之分，其中酸杨桃虽然味道酸涩，但并不妨碍人们对它的喜爱。在粤语中，"好酸"谐音"好孙"，有着美好的寓意，因而人们也喜欢在房前屋后栽种这一岭南佳果。杨桃还有不少民间妙用，《广东新语》中记述："广人以为蔬，能辟岚瘴之毒。中蛊者，捣自然汁饮，毒即吐出。脯之，或白蜜渍之，持至北方，不能水土与疟者皆可治。"

■ 清·居廉《杨桃草虫》

乌榄

[清]梁佩兰

八月经霜熟，山山鸟啄频①。
下盐那用浅，作豉不嫌贫。
皂荚衣轻飐②，燕支③色半匀。
只应人面子，得共与成仁。

■ 清·湛谷生《苏东坡夜游赤壁舫》（榄雕）

【注释】

① 频：连续多次。
② 飐：风吹使颤动。
③ 燕支：胭脂。

乌榄在广东有着悠久的历史，南宋周去非在《岭外代答》中就对其有所记载：“乌榄如橄榄，青黑色，肉烂而甘，亦可作蔬茹，核差长，其中仁味松美，荐酒泛茶皆珍，相馈遗者独以核致远，微暴干，椎取仁。”乌榄可谓“浑身都是宝”——果肉可制成民间喜爱的小食“榄角”，榄仁可榨油或作礼果，榄核可制作为“榄雕”工艺品。据《增城县志》记载，早在清朝咸丰年间，增城榄雕就已成为朝廷贡品闻名天下。历史上最为出名的是清代湛谷生雕刻的榄雕《苏东坡夜游赤壁舫》，船底雕刻了苏东坡的《前赤壁赋》全文，人物造型惟妙惟肖，刀刻玲珑，字体秀美，被称为“雕刻之王”。

该诗中所写就是尤其受百姓喜爱的榄角。将新鲜的乌榄果肉分切，以盐渍之，即

■ 邓山乌榄

制成榄角，其表皮呈黑色，榄肉却红若胭脂，令人垂涎。榄角价格低廉，却很美味，是贫家佐膳增味的不二之选。与梁佩兰同时期的诗人屈大均也有诗“红盐乘夜落，玉豉得霜肥”，赞颂榄角的特别滋味。

梁佩兰是广东南海人，他考取进士后因年事渐高而无意仕途，未久因故离开翰林院，南归隐居广州以诗酒自酬，并与友人结成诗社，以再振岭南诗风为己任，致力培养诗坛新秀。还乡后，他召集一批诗友，开兰湖白莲诗社，由他和屈大均、陈恭尹主持，长期组织诗会，吟咏唱和，交流切磋，扶掖后学。他的诗歌创作为诗坛各方瞩目，所作意境开阔，功力雄健俊逸，为各大诗派一致推崇，被时人尊为“岭南三大家”与“岭南七子”之一。梁佩兰亦善作词、书法、绘画，其书法合李邕、苏轼、米芾三家为一体而自成风格。

■ 甘蔗林

岭南杂事诗钞·甘蔗

[清]陈坤

紫蔗膏浓白蔗清，一般倒啖[①]味分明[②]。
只求适口[③]流甘好，厚植何妨籍庶生。

【注释】

① 啖：吃。

② 分明：分得清楚。

③ 适口：适合口味。

粤语里有“掂过碌蔗”的说法，字面意思是比甘蔗还要直，实际意思是表示事情的进展非常顺利。每逢过年前夕，人们会在花档买上一些甘蔗，祈求来年“由头甜到尾”，顺风顺水。紫蔗的膏汁浓郁而白蔗的汁水清澈，虽然有所分别，但用同样的吃法都能够得到甘美滋味的享受。只要它的味道合口味，又何必去在意它是本生还是庶生呢？诗人在此大赞甘蔗的味道香甜利口，为甘蔗正名。

大约在战国时代，岭南就种有甘蔗，但在相当长的时间内，人们主要是直接食用。到汉代，南方地区出现了名叫“石蜜”的粗制蔗糖，早期的蔗糖一般人根本吃不起，而是被当作珍馐和良药。唐初，更先进的蔗糖制法从印度传入中国，在南方普及，蔗糖产量才开始增长。宋代进一步改进制糖技术，制造出了“糖霜”。老饕苏东坡曾写诗盛赞“冰盘荐琥珀，何似糖霜美”；黄庭坚甚至写下“正宗扫地从谁说，我舌犹能及鼻尖”，说糖霜美味到让他用舌头舔鼻尖儿。但当时的糖霜因含有杂质，颜色不纯。印度是蔗糖的起源地，但是到明代，印度人却开始用中国的名称“cini”称呼白糖——因为当时中国制糖技术已领先世界，能将深色的蔗糖净化提纯，使其变得洁白晶莹。

广府人家在清明时节有“清明四味”的饮食文化，其中清明节吃甘蔗就寓意欢欢喜喜，甜甜蜜蜜。又因为甘蔗有“头尾”之分，且节节相连，寄托着家族不断开枝散叶，繁衍生息的期盼。凡参与“行清”的家庭成员，祭拜结束后都会吃上一节爽甜的甘蔗。在肇庆地区更是有“有头有尾”吃甘蔗的习俗，表示善始善终之意。

甘蔗和蔗糖

梅

[唐]李峤

大庾敛①寒光，南枝独早芳②。
雪含朝暝③色，风引去来香。
妆面回青镜，歌尘起画梁。
若能遥止渴，何暇泛琼浆。

【注释】

① 敛：收敛，止息。
② 早芳：首先开花。
③ 朝暝：早晨与夜晚。

梅花作为花中四君子之首，历来是文人墨客笔下的常客。诗人翻山越岭来到岭南赴任，途经大庾岭，见到岭上的梅花有感而发，作此诗篇。大庾岭上冬天的气息已经收敛，朝南的树枝已经送来了春信，首先开出了花。早晚的雪花掩映了天色，风中传来阵阵梅花的幽香。梅花清丽，像女子梳妆打扮好的面容在青铜的镜子中映照；枝头点点，似丽人在楼阁间歌舞。诗人又由此联想：若是能够望梅止渴，那么人们定会久久流连于梅树下，哪里还有时间泛觞寻欢。

李峤少有才名，十五岁精通五经，二十岁考中进士。他初授安定县尉，因在制举考试中以甲等擢第，调任长安县尉，在畿尉中与骆宾王、刘光业齐名，皆以文章著称。调露元年（679），唐高宗发兵征讨岭南邕州、岩州一带的僚族叛乱。李峤时任监察御史，奉命充任监军，随军南征，亲入僚洞，宣谕朝旨，成功招降叛军。李峤是武后、中宗时期的文坛领袖，与苏味道并称“苏李”，又与杜审言、崔融、苏味道并称“文章四友”，晚年更被尊为“文章宿老”，深得时人推崇。他的文章善于隶事用典，讲求骈偶，辞采华美，堪称大手笔。开元名相张说赞其文“如良金美玉”，《旧唐书》则称其文学为“一代之雄”。

“二十四番花信风，始梅花。”梅花开于百花之先，为花中君子，不畏霜雪，在众芳摇落之时，凌岁寒而独开。很多地方的梅花开于小寒前后，而岭南的梅花则开于冬至前后，且常常梅开二度。屈大均在《广东新语》中提到：“斯时也，天地一阳之复不可见，见之于梅，梅其得气之先者也。故欲见天地之心者于梅，欲见梅得气之先者于粤。”

■ 广州从化流溪河畔梅花如雪

刺桐花

[唐]王毂

南国清和烟雨辰，刺桐夹道花开新。
林梢簇簇红霞烂，暑天别觉生精神。
秾英①斗火欺朱槿，栖鹤惊飞翅忧烬②。
直疑青帝③去匆匆，收拾春风浑不尽。

【注释】

① 秾英：浓艳的花朵。
② 翅忧烬：担心把翅膀燃烧成灰烬。
③ 青帝：传说中的春神。

唐时刺桐树广植于岭南，《异物志》记载："苍梧即刺桐，岭南多此物，因以名郡。"南国的初夏早晨，清爽和暖，烟雨迷蒙，道路两旁的刺桐花竞相开放，鲜艳夺目。远远望去，花团锦簇如同灿烂的红霞升起于刺桐林梢，令人于暑热的天气里精神倍增。诗人把刺桐花人格化，说它的浓艳是为了与火斗红，有意欺侮朱槿花，连白鹤栖息在刺桐花树上，见了这红艳的花朵，都误以为是烈火燃烧，担心把自己的翅膀烧成灰烬，于是赶快飞走了。刺桐花盛开时，春光已经过去，可诗人却称其是春神匆忙中遗漏下的，陡生妙趣。

刺桐花花形奇特，花瓣次第开放，状如朝天辣椒，鲜红靓丽。远观时朵朵刺桐火红似焰，犹如朝霞喷薄而出，与碧绿的枝丫红翠相间，在春日里分外耀眼，历来受文

■ 刺桐花盛开

人墨客青睐和吟咏。唐代诗人朱庆馀诗《岭南路》写“越岭向南风景异，人人传说到京城；经冬来往不踏雪，尽在刺桐花下行”，夸赞这一盛世芬芳。

传说刺桐如果先萌芽后开花，则其年丰，否则反之，所以刺桐又名“瑞桐”。因为此典，宋代时刺桐花还引起过一场小小的争论。传说有北宋大臣丁谓察访地方时来到泉州，很希望能先看到刺桐的青叶，预卜泉州年谷丰熟，曾写下“闻得乡人说刺桐，叶先花发卜年丰。我今到此忧民切，只爱青青不爱红”诗。而一百多年后到泉州当知州的王十朋虽与丁谓愿景相同，但不相信这一传说，为此也写下了“初见枝头万绿浓，忽惊火伞欲烧空。花先花后年俱熟，莫遣时人不爱红”。诗人们以诗相争，却昭昭然可见二人的为民为国之心，也算是一段流传人间的佳话。

朱槿花

[唐]李绅

瘴烟①长暖无霜雪，槿艳繁花满树红。
每叹芳菲四时②厌③，不知开落有春风。

【注释】

① 瘴烟：瘴气。
② 四时：四季。
③ 厌：足。

朱槿是一种颜色偏红或淡红色的花朵，由于花色大多为红色，所以岭南一带也将它称为大红花。这首咏槿花诗是李绅被李逢吉陷害贬为端州司马以后，量移江州以前所作。端州位于今广东省西江流过的地区，常年温暖，无霜无雪。在这种得天独厚的地理条件下，朱槿树红花绽放，艳丽无比，诗中“艳”字写槿花之色彩，“满树”则表明槿花之多。

朱瑾花期全年，四季花开不断，诗中所说“芳菲四时”，既指众芳，也指朱槿花。诗人感慨芳菲可以四时皆开，不必担心有霜雪之忧，也

■ 赵叔孺《朱槿白眉》

■ 盛开的朱槿花

当然不曾有春风吹开之喜。联系李绅个人遭遇，这首咏诗流露了他对安定宽松环境的期望。月是故乡明，花是家乡好，李绅的思乡之情，使他对生于端州的朱槿花抱有一种特殊的观感。朱槿花开得那么红艳繁多，不曾有开落的喜忧，而他却在宦海沉浮，居无定所，更添叹息。就咏物诗而言，李绅这首诗不曾强调槿花的朝开暮落，而是从朱槿地处炎荒，开落不知春风这点着眼，以寄托宠辱皆忘的希冀，颇有特色。

屈大均在《广东新语》中记载，佛桑花即扶桑花，花色红的叫“朱槿”，花色白的叫“白槿”，但在现代各种名称已经混用，均以朱槿指代。朱槿花又叫“日及”“舜英”，一丛之上能够开出数百朵花，颜色深红似火，苏轼称其“焰焰烧空红佛桑”，屈大均写它“朵朵烧云如海霞”。虽然热烈旺盛，但它的生命周期并不长，朝开暮落令不少诗人叹惋。

木棉

[清]张维屏

攀枝[1]一树艳东风，日在珊瑚[2]顶上红。
春到岭南花不小，众芳丛里识英雄。

■ 陈树人《木棉春禽》

【注释】

① 攀枝：木棉别名。

② 珊瑚：珊瑚虫的骨骼聚集物，状如树枝，多为红色。在此为木棉别名。

木棉，这南国的奇葩，引得古来多少诗人热情的赞颂。张维屏作为长期生活在岭南的诗人，对木棉有细致的观察，写了十几首吟咏木棉的诗词，这首诗就是其中之一。除了题目直用木棉之名外，诗人还将别名巧妙地织入诗中，但已不将它们当作花树之名使用，而是用来表现木棉花的特殊形态与光彩，以及木棉树的伟岸气度。木棉生长于岭南，作为观赏花木，历史相当悠久。相传汉代的南越王曾以它作为向朝廷进贡的礼品，名之为“烽火树”，后来还以“珊瑚树”为名载入《西京杂记》。以后，它还被称为红棉、攀枝花、英雄树等。将别名与诗糅合，不仅表现了所咏对象的景观，更寄托了赞美之情，表现了作者用词、构思的灵巧。

当木棉和其他树生长在一起时，为了获取更多的阳光雨露，它总是要超越群树的高度。仅一棵树上就有几百朵木棉花，犹如无数把火炬一样照在大地上，显得格外雄奇瑰丽，这首诗的前两句就写出这种情景。屈大均曾写道："十丈珊瑚是木棉，花开红比朝霞鲜。"真是诗家所见略同。"春到岭南"二句运用衬托手法，以类似"绿叶扶持红花"的立意，既不贬损岭南其他春花，又突出了这众花丛中的英雄。

在与木棉相伴的漫长岁月中，岭南人民发现了木棉花的妙用，广州的街坊会将掉落地上的木棉花捡起、晒干，用来煲汤、粥、凉茶，以祛湿、清热解毒。清代《学海堂志》所记"花开则远近来视，花落则老稚拾取"的情景，讲的就是这样的广州风俗。作为广州的市花，木棉花的炽红也与广州的红色革命故事交相辉映，代表了这座城市的英雄品格。

■ 红棉绽放

红蕉花

[唐]李绅

红蕉花样炎方①识，瘴水溪边色最深。
叶满丛深殷似火，不唯烧眼②更烧心③。

【注释】

① 炎方：南方炎热地区。
② 烧眼：耀眼。
③ 烧心：强烈地刺激人心的精神。

“谁知盘中餐，粒粒皆辛苦。”李绅除了《悯农》脍炙人口，还写了许多与花木有关的诗。这首咏红蕉诗是他到南方后见红蕉花而作，由于是初次相识，印象新，感觉真，形诸吟咏也就自有动人之处。诗人第一次见到红蕉花，最突出的印象是其颜色之深。在饱满的叶丛中，殷红的红蕉花好像火一样，不仅耀眼，更强烈地刺激人心的精神。一个“烧”字传神，通篇皆活。

李绅是“新乐府运动”的倡导者之一，是唐代最早有意识地以“新题乐府”为标榜，借以和传统的古题乐府区别开来的诗人。李绅的诗歌创作，以贬谪端州为分界线，大致可分为两个时期。前期在儒家“济世”“利物”思想影响下，他抱着强烈的政治热情，在继承《诗经》现实主义精神的同时，积极向民间学习。其诗歌关注社会，反映现实，规讽时事，政治功利性很强，因而形式相对简单，语言亦通俗易

懂，表现出通俗浅切的风格特征。后期随着社会政治形势的改变及个人宦海沉浮的经历，他关注的对象由外界转为内在，重在抒发个人情感，与之相适应，诗歌形式也渐趋多样，且讲究艺术手法的运用，意境深晦，重视炼字锻句，表现出典雅繁艳的风格特征。

《岭外代答》记载红蕉花“叶瘦类芦箬，中心抽条，条端发花。叶数层，日拆一两叶。色正红，如榴花、荔子，其端各有一点鲜绿，尤可爱。花心有须，苍黑色。春夏开，至岁寒犹芳”。红蕉花独特的外形引起了不少诗人的关注，唐代徐凝就有“差是斜刀剪红绡，卷来开去叶中安”句，描摹其绽放之姿。

■ 红蕉花

茉莉

[宋]郑刚中

涉锸①移根带藓苔，暑中相对亦佳哉。
素英②吐处只如玉，清思牵人全似梅。
浅绿剪罗和叶看，真香捣麝逐风来。
观君可与酴醾③并，高士宁容俗子陪。

【注释】

① 锸：铁锹。
② 素英：白花。
③ 酴醾：荼蘼花。

我国最早记录茉莉的是晋朝的嵇含，他在《南方草木状》里写了岭南许多花卉，其中就有对素馨花和茉莉花的记录："耶悉茗花、末利花皆胡人自西国移植于南海。南人怜其芳香竞植之……南越之境五谷无味，百花不香，此二花特芳香者。""耶悉茗花"即素馨花，"末利花"就是今天人们熟悉的

■ 赵浩公《茉莉清芬满座香》

"茉莉花"。这两种花不像橘树一样随着水土而改变性质，即使长在了南方，它们也芳香依旧，且茉莉花香气更甚。

茉莉花广泛种植于我国南方，这首诗就记叙了诗人移植茉莉花的经过。诗人用铁锹移植茉莉花，根部还带着清新的苔藓，在暑热中与之相对，清凉自生。茉莉花色雪白有如碧玉，香气芬芳犹似梅花，牵动诗人的清思。一阵微风拂过，浅绿的叶丛中香气氤氲，萦绕在身周，非一般凡品所能媲美。

自古以来，茉莉花就以其独特的香气、洁白的花色和玲珑的身形，使众多文人墨客为之倾倒。余靖有诗"素艳南方独出群，只应琼树是前身"，将茉莉花与琼树并提，夸赞其风采冠绝南方；明人陈子壮有诗云"三日香随席，前生顶上珠。却清炎热尽，可和雪霜无"，咏其芬芳弥漫，长留不绝，在炎炎夏日如霜雪般为人们呈上清新的气息；女诗人刘祖满的诗句"暗麝侵阶倩晚风，夜簪云鬓雪为丛"，描摹女子簪花的美貌，暗香浮动，倩影如梦。岭南女子多用彩线穿花心为首饰，她们喜好以茉莉花串成花串，称为"花梳"，作为发饰。屈大均词《南歌子》的"花梳茉莉妆"，《渔歌子》的"穿茉莉，贯芙蓉，持作玲珑花屋"，均咏此事。

在民间，茉莉花也广受喜爱，质朴而迷人的民歌寄托着人们对它的情感："好一朵茉莉花，好一朵茉莉花，满园花开香也香不过它……"如今，这首《好一朵茉莉花》的歌声已传遍海内外，成为中国文化走向世界的名片。

■ 茉莉花

素馨花

[明]岑徵

江城郭①外晚风晴，处处桑麻间②素馨。
西域远贻③天使种，墓田分却美人名。
迎风暗觉春衫腻，待月横抽宝髻轻。
南国香销红粉歇，十年肠断卖花声。

【注释】

① 郭：外城。
② 间：间种。
③ 贻：赠送。

■ 素馨花

素馨花是广州最早的“市花”。广府花市传承千年，花卉产业也随之开拓壮大，这一切都源于一种植物——素馨。明清时期，素馨产地移至珠江南岸的庄头村，种植面积多达一二百亩，也称为“花田”。由此诗可想见珠江三角洲种植素馨花的场景：在桑麻之间间种素馨花，既有经济价值，又非常美观。

相传素馨花是汉朝时从西域引进我国的，南越王赵佗本是北方人，因思念故乡，便把此花带来广州。又传说素馨花原名耶悉茗，是从古波斯引进我国，南汉王一名受宠的宫女叫素馨，很喜爱此花，她去世后南汉王在她的墓地周围种满耶悉茗。南汉亡朝后，人们发现她的坟头长满洁白的耶悉茗，为了纪念她，便将此花改名素馨。此诗化用这些相关传说，通过描摹体态、神貌将花拟人化，写出素馨婀娜动人的风姿。末句以“卖花声”作结，侧面写出广府人对素馨花的喜爱之情。

宋代方信孺在《南海百咏》中，咏花田诗序云：“在城西十里三角市。平田弥望，皆种素馨花。”该花因色白素淡，芬芳馨香，故名素馨。素馨花生长于南方，四季常青，春季盛开，色白或黄，形若冬梅，又称“玉芙蓉”。

除了供妇女簪戴外，素馨花还被拿来供佛、提取香油，更具特色的是用以制作美丽的素馨灯。屈大均云：“花又宜作灯，雕玉镂冰，玲珑四照，游冶者以导车马。故杨用修云：‘粤中素馨灯，天下之至艳者。’”诗人亦作歌以咏之，明末东皋诗社雅集，即以素馨花灯为题，黎遂球诗有“榆芒寒簇雪，桂粟夜明金。艳琐玲珑骨，神传巧妙针” 之语，道出素馨花灯的特色。

■ 溥儒《素馨墨韵册页》

■ 海幢寺

鹰爪兰

[清]释今无

石上寒松未易[1]邻，寄根犹得傲[2]江滨。
不因幽谷留浓叶，更有馀香佩[3]远人。
半亩驻深莲社月，百年占尽岭南春。
名园已是无寻处，飞过苍鹰爪独新。

【注释】

① 易：改变。

② 傲：坚强不屈。

③ 佩：挂在身上。

“未有海幢寺，先有鹰爪兰。”这句话在广州流传已久。一千多年前的千秋寺已湮灭，在原址重建成为海幢寺之前，这里原是富商郭龙岳的花园，鹰爪兰正是由郭家所种植，所以说它的年代比海幢寺还要久远。石上的寒松没有改变过邻居，鹰爪兰在这禅香萦绕的古寺生根立基，千百年来占尽岭南的春色，傲视江滨。它开花时，有一股独特的芬芳发散，氤氲在远客的袖间。郭家的名园已无从追寻，鹰爪兰树却仍然屹立，宁静致远。

该诗作者为明末清初广州海幢寺的一名僧人，是岭南诗僧中的一员。自唐代以来，岭南佛门中就不断涌现出能书善画之人，明清交替之际以天然和尚为代表的岭南诗僧尤为著名，他们在海幢寺等岭南寺院修习佛法，赋诗讲学，借书画娱情，与文士雅集，作品颇丰，为岭南书画史描画了独特而超然的一章，也成为广东乃至全国艺术和宗教发展史上一个独特的文化现象。海幢寺的鹰爪兰吸引着聚集于此的僧人文士为它吟诗作赋，诗僧古毫有“莲社千年留胜迹，天香万里动游人。连云覆石苍苔古，当暑舒英玉爪新”句，追述古今，盛赞寺中的鹰爪兰；诗僧今释亦有“种异泽兰仍纫佩，名同鹰爪莫从禽。晚来客去风还好，片石休辞夜露侵”句，从香、形、意写晚风中的鹰爪兰。

鹰爪兰学名为鹰爪花，树形优美，四季常青，花香艳丽，果实奇特，观赏价值高，深受人们喜爱。清人吴震方在《岭南杂记》里描述鹰爪兰“其枝蒂如鹰爪，长有花六瓣，两台，他处未见，亦异种也”。相传鹰爪花树是由明朝末年的一名富商从东南亚带回中国的，起初就栽种在后来建成海幢寺之地。僧人光牟、池月募缘得地筹建海幢寺时，见这棵树开的花像鹰的爪子，就给它取名鹰爪兰，从此沿用这一名称。

■ 鹰爪花

■ 中山小榄菊会

榄溪斗菊诗（选一）

[清]罗天尺

有谁辜负小重阳①，羯鼓②声催入夜忙。
争奈③名花嫌早嫁，深秋犹自未成妆。

【注释】

① 小重阳：农历九月十日，即重阳后一日。
② 羯鼓：一种从西域传入的打击乐器。
③ 争奈：怎奈。

“采菊东篱下，悠然见南山”，陶渊明的诗情为菊花赋上了悠然雅致的色彩。菊花在珠江三角洲种植普遍，香山（今中山）更成为著名的菊乡，而香山的小榄更有“小柴桑”的美誉。清乾隆元年（1736）小榄已有赛菊之举，称为“菊试”，后又建菊社，人们赏菊赋诗，“凡三日夜张灯彩，作梨园乐，花路花桥花楼络绎数里，各族祠宇门庭斋舍，悉选花之佳者，布列点缀，间以名人字画及古玩器，开筵迎客，幽香满座，四方来观者千万人”。诗人罗天尺赋诗八首，极写当地菊社之盛。该诗为其中一首，写道民间常有重阳赏菊之说，这一佳节万不可轻易辜负，音乐声声催促，即使入夜依然游人如织，盛会久久不能结束。怎奈名花还嫌时候早，迟迟不肯绽放，让人一睹芳容。

嘉庆十九年（1814），甲戌，小榄开菊会，广征菊诗。以后逢甲戌年即开菊花大会，赏菊赋诗，为一时之盛事。明代香山人李孙宸有“岁岁菊花看不尽，诗坛酌酒赏花村”之语，清代何大佐写“菊社年年带醉看，千枝万朵彩云蟠。繁华不是柴桑地，翻似中州斗牡丹”，均记录这一盛会上的美景与乐事。

直到如今，羊城广州仍然有举办菊会的传统，历届羊城菊会的主角当属大立菊。大立菊是经过特殊培养和艺术加工而成的极具观赏价值的艺菊类型，传统的岭南大立菊利用铁线、铁架、花竹等材料，通过绑扎工艺将每朵菊花固定，形成一个半球的造型，精致美观，业界把这种工艺称为扎作，大立菊扎作已是广州市市级非物质文化遗产。大立菊一株有花数百朵乃至数千朵，布列整齐，且花朵大小整齐，花期一致，可谓“满树繁花独一枝”。

■ 清·居巢《菊花》

九月木犀花盛开偶成寄贺黄门①克恭

[明]陈献章

香逐西风起，氤氲入杳冥②。
不知从此去，几日到辽城③。

【注释】

① 贺黄门：明朝名士贺钦，字克恭，明成化二年（1466）进士，授职为户部给事中，时人称“贺黄门”。

② 杳冥：高远之处，指天空。

③ 辽城：辽东。成化四年（1468），贺钦辞官回到家乡辽东义州卫，从此没有再出仕。

■ 陈树人《桂花蜜蜂》

陈献章是广东唯一一位从祀孔庙的大儒，创立了中国哲学领域的“岭南学派”，开明代心学之先河，被誉为“圣代真儒”“岭南第一人”。又因为他旧居广东新会白沙村，世人尊称他为“白沙先生”。陈献章虽屡试不第，但学识造诣颇深，潜心研究理学，提出了白沙心学，打破程朱理学统治下沉闷的思想局面，成为明代思想史转折点上的关键人物。晚年他致力讲学，门下弟子上千，其中入朝为官者甚多，对明朝及以后的思想史和教育史产生了深远影响。不仅如此，陈献章还是诗人和书法家，他独创的茅龙笔和茅龙笔书法自成一家，风雅独具，在中国书法史上留下了一笔异彩。如今，白沙茅龙笔制作技艺已经成为国家级非物质文化遗产。

成化二年（1466），陈献章进京寻官，在此期间与当年的进士贺钦结识，交往甚厚。二人后来先后辞官回乡，这首诗便是陈献章写给远在辽东家乡的贺钦的。南国九月，金桂送爽，淡雅的香气弥漫在空气中，跟随西风飘向高远天外。诗人不禁想要将这香气分享给远方的友人，不知由此到东北方的辽城，路上需要多少天时间呢！一南一北，相见何难，好在思想的交流并不会被遥远的距离阻隔。贺钦继承了陈献章的理学思想，又有所发展，成为辽东有名的理学家。

桂花又名木樨、岩桂，根据香型和花色可分为银桂、金桂、丹桂、四季桂，花色则有淡黄、中黄、橙黄或橙红。除四季桂外，桂花往往在仲秋时节开放，岭南因气候温暖，桂花花期较晚，这首诗中的农历九月就已是中原的暮秋了。桂花盛开时，一簇簇小花掩映于枝叶中，如点点繁星，袭人的香气飘散开来，还带着一丝沁人心脾的清甜。自古以来，这阵幽香总会勾起文人雅兴，李清照便称赞桂花“暗淡轻黄体性柔，情疏迹远只香留”“梅定妒，菊应羞”，另一位女词人朱淑真则以花言志，诗云“一枝淡贮书窗下，人与花心各自香”。

■ 金桂飘香

咏水仙花

[明]欧大任

霓裳①卷幔月中开，罗袜凌波②水上来。
湘女江妃从广宴③，瑶池西畔玉华台。

【注释】

① 霓裳：以霓所制的衣裳。指仙人所穿的服装。
② 凌波：在水上行走。比喻美人步履轻盈。
③ 广宴：盛大的宴会。

■ 清 · 居廉《水仙群蜂图》

花朵绰约，花茎挺拔，叶片修长，从上看仿佛云霓做的衣裳幔帐从月中展开，从下看又仿佛穿着白丝袜的仙女从水上翩跹走来。一簇簇，一丛丛，远远望去像是湘夫人和江妃二女在水中举办盛宴，又像是瑶池西畔光辉四射的玉台。这便是被誉为“凌波仙子”“金盏银盆”的水仙花了。

水仙属石蒜科水仙属草本植物，冬春季开花，原产于欧洲地中海沿海，在中国已有一千多年的栽培历史。因为鳞茎和洋葱、大蒜颇为相似，水仙在南北朝时被称为“雅蒜”，宋代则被称为“天葱”，然而流传最久、使用最多的，还是“水仙花”这个美丽的名字。水仙之名，即水中仙子之意，极言其优雅高洁，足可见人们对它的喜爱。水仙花形秀美，冰肌玉骨，花香浓郁，风韵独具，往往被视为吉祥、高尚、美好、纯洁的象征，更是文人墨客诗词歌赋中的常客。黄庭坚善写水仙花，留下了多首咏水仙的诗词，他欣赏水仙的冷香素装、凌寒盛开，称赞它“含香体素欲倾城，山矾是弟梅是兄”；北宋文学家晁说之为水仙花香所倾倒，诗云“清芬二十载，饶杀兰杜家”；南宋诗人曾几的“笑弄黄金杯，连台盘拗倒”，为“金盏银盆”的花朵增添了动感；南宋韩淲诗云“洞庭风度湘灵瑟，月冷波寒谁写真”，则赋予了水仙屈原的精神、湘夫人的神韵，传递着遗世独立之美。

从南宋时起，水仙便成为人们喜爱的节庆装饰花卉。由于花开时间恰逢春节，在广州迎春花市上，水仙花最为常见也最受欢迎。广州人最喜欢的是“蟹爪水仙”，即对水仙鳞茎进行雕刻，使生长出来的叶片和花梗短而卷曲，似螃蟹爪子，形态可爱，别有意趣。

■ 水仙花

叁 岭南风俗

YACANG LINGNAN

勤日作

采莲词

[明]孙蕡

谁家游冶郎①，日日在横塘②。只采莲叶绿，不采莲花香。采莲采叶犹自可③，怜新弃旧愁杀我。

【注释】

① 游冶郎：野游少年，风流少年。

② 横塘：古堤名，也泛指水塘。

③ 自可：尚自，仍旧。

“江南可采莲，莲叶何田田”，自古江南吴、楚、越之地，水道纵横、池塘遍布，多植莲藕，汉乐府民歌写出了采莲时节，莲叶挨挨挤挤、迎风招展的场景。无独有偶，岭南百姓也有以此为业者，夏秋之际，少女多乘小舟出没莲荡中，轻歌互答，采摘莲子。此诗就是拟一位少年郎的自述，他自诩风流，却为家计日日在横塘劳作。莲花虽香，却不是采摘的对象，青绿的莲蓬才是少年

■ 清 · 费丹旭《采莲图》

的目标。而且莲蓬以鲜嫩为上好，必须抢在莲子掉落水中之前，顶着烈日和风雨收集起来，否则里头可能包含苦心，味道就差一等了。

人们在太阳底下劳作，时间一长，有疲劳和溺水的风险，因此就一问一答，唱起了朴素的民歌。采莲曲，一直是民间古老的民歌，千百年来在文人墨客的笔下，不断焕发新的生机。南朝梁元帝的《采莲赋》“夏始春余，叶嫩花初，恐沾裳而浅笑，畏倾船而敛裾”刻画了婀娜多姿的采莲女形象；南朝乐府《西洲曲》“采莲南塘秋，莲花过人头。低头弄莲子，莲子清如水”则重在描摹采莲人的动作神态；唐代李白有《越女词》“笑入荷花去，佯羞不出来”，王昌龄亦有《采莲曲》“吴姬越艳楚王妃，争弄莲舟水湿衣”，从近景和远景刻画他们心中的采莲女。

虽然后世赋予采莲种种美丽的赞美和想象，但真正的采莲是生活、是劳作，采集莲蓬之时，人们的动作要快，而船亦不能稍歇，在荷叶中竞争前行。采莲最核心的是收集莲子，在采摘的过程中，很容易伤手，且消耗体力，所以虽然是在荷花掩映的夏秋之季，采莲的人多半面色黧黑，皮肤粗糙，展现出劳作的力量之美。

■ 莲花与莲蓬

■ 茶园采茶

采茶歌

[清]梁佩兰

采茶女，女何许①？对河村，隔村住。门有田，水相注。大兄种瓜，小弟种豆，小妹正学语。女采茶，独与母，提篮采茶出，提篮采茶归。朝提篮出，暮提篮归。茶叶青，茶叶碧，茶叶黄，茶叶黑。茶变色，日变易，女知之，母教识。采茶女，知茶天：谷雨后，清明前。风日美，茶香起；风日阴，茶香沉。采茶还制茶，制茶如惜花：纤甲挑雀舌②，小水浇云牙，焙火候火性，炙日畏日华。采茶女，虽采茶，洁白皙③，如在家。麻者衣，布者服，乌者发，玉者足。道上郎，立道旁，采茶女，避茶树。终日采茶不嫌苦，百年采茶不嫌老。于今县官催夫帖又下，嫁郎作夫不如寡！

【注释】

① 何许：何处，住在哪儿。

② 雀舌：指茶叶的嫩芽。

③ 洁白皙：肤色洁白。

早茶、工夫茶、擂茶……岭南人的生活与茶息息相关。岭南特定的地理和气候条件促成了岭南人爱饮茶的习惯，种茶、采茶自然就成为岭南人的劳动之一。本诗继承了杜甫、白居易诗歌的现实主义传统，描写一位勤劳、朴实而漂亮的采茶姑娘由于害怕沉重的夫役拆散家庭而不愿嫁人，以批判当时严酷的社会现实。

采茶女家中人丁兴旺，人人有所耕作。诗句借颜色由浅变深，写出茶叶由嫩变老的过程。采茶有时令的讲究：谷雨后的称为“雨后茶”，清明前的则称为“火前茶”。采茶也讲究天气，以风和日美之时为宜。姑娘挑出雀舌般的嫩叶，用小水洒湿茶芽，焙火时要看好火候，晒干时要避开太阳过猛的时间。采茶女衣饰朴素，姿容美好。来了个青年男子，站在路旁，采茶姑娘看到了，连忙躲在茶树下。其实姑娘并不是不愿嫁人，她只是不愿过不美满的夫妻生活罢了。

据《广东新语》记载，唐代曹松把茶种移植到南海西樵山，拉开了岭南茶文化的序幕。采茶看似简单，其实大有讲究，除诗中所述节令、气候外，还有完整的操作流程：备具、采取、入篓（篮）、盛装、放置、收青、运青缺一不可。采摘时要使芽叶完整，不可紧捏、紧压，且采摘后的鲜叶要放置在阴凉处，及时收青。现今广东英德等地都开展了“采茶游”，为来往的游客提供茶文化新体验。

■ 清 · 黄增《采茶女》

采菱曲

■ 采摘红菱

[明]孙蕡

朝游大堤口，暮泛[1]横塘边。红粉照绿水，自羡还自怜[2]。红妆照水人见好，涉江采菱何可道[3]。

【注释】

① 泛：泛舟。

② 自怜：自伤，自我怜惜。

③ 道：述说。

地处广州西关的泮塘风景秀丽，气候宜人，十分适合种植莲藕、马蹄、菱角、茭笋与茨菇，因而这几种蔬菜被并称为“泮塘五秀”，还被后人广泛地运用到各种粤菜的烹制之中。菱，生在水泽之间，每当新秋，或者深绛浅红，或者深绿浅碧，漂浮在水面之上，乡间妇女往往泛以菱桶或兰挠，往来采摘，诗中所描写的就是她们劳动的画面。从早晨到日暮，采菱女们都在水面上浮游，为了采摘这一夏日的馈赠，可怜自己空有一身好颜色，却只能泛舟江上，不停劳作，顾影自怜。

《采菱曲》起源于春秋时期楚国的民间歌曲，是由夏秋采菱活动而衍生出的民间曲调。南朝梁武帝萧衍就作《江南弄•采菱曲》，有“金翠摇首红颜兴，桂棹容与歌采菱”句，写傍晚时分夕阳晚照，采菱女在暮色中伴着歌声仍在劳作；唐代诗人刘禹锡在《采菱行》中记录了采菱作为一种风俗的盛况，写“荡舟游女满中央，采菱不顾马上郎。争多逐胜纷相向，时转兰桡破轻浪”，其热闹程度丝毫不逊色于端午龙舟竞渡；唐代诗人储光羲也作《采菱词》，有“浊水菱叶肥，清水菱叶鲜。义不游浊水，志士多苦言”句，表达了作者“出淤泥而不染，濯清涟而不妖”的高风亮节。

据明代《澄海县志》记载：“物产，果类有菱，两角的为菱，四角、三角的为芰，俗称菱角。”因“菱”与“伶”同音，故而给孩童吃菱角也就有了聪明伶俐的寓意。在岭南，采菱、食菱曾是中秋习俗，但菱角不是一年四季都有，所以西关人家就做了仿真迷你版的水菱角来解馋，相传，制作水菱角还是旧时西关小姐出嫁的必备技能。

■ 潘振镛《采菱曲》

樵

[明]郭贞顺

脚踏千峰雪，肩担万里云。
斜阳归去路，挑入燧人[1]村。

【注释】

① 燧人：中国古代传说钻木取火的发明者，教人熟食。

“卖炭翁，伐薪烧炭南山中”，烧炭得先伐薪，而砍树劈柴亦正是采樵之道，白居易笔下的卖炭翁在“城外一尺雪”中“晓驾炭车辗冰辙”，诗人所写的采樵人亦踩着山中的积雪，踏上了寻觅生计的路途。漫漫长路延伸进山林深处，高高的山峰上积雪皑皑，采樵人面朝土地背朝天，挑起了一家人冬天的希望，斜阳照在归家的道路上，采樵人下山时候已经是日暮时分。虽然诗人和白居易时代不同，但同样有着奔波劳累在山林中的农夫，牵动着他们的心肠。

郭贞顺是元末明初潮州府的女诗人，到120岁仍能写诗，125岁逝世，是中国历史上最长寿的女诗人。郭贞顺出身书香人家，幼而淑惠，“虽老于谋者无以过”，嫁给处士周瑶后，他们双双隐于田园。元明更迭，民生动荡，明兵下岭南时，指挥俞良辅奉命征诸村寨，郭贞顺作诗以献，良辅阅览之后大喜，郭贞顺与丈夫所居的溪头寨因而得以保全，成为千古美谈。郭贞顺关心乡间劳动生活，多以此为题材进行创作，

除本诗外还写有《渔》《耕》《牧》等作品，有“因天分地利，春雨一犁寒”“目断羊肠险，身骑牛背安”等句，以诗人的眼光描画农家日常。

南粤有东西二樵，其“樵”名就源于采樵之故，古代广州人经常到东南方向的罗浮山采樵，故称为“东樵”；西樵山古称为“锦石山”，也因广州人到此采樵而改名。采樵不仅要伐树，还把伐下来的树木整理成柴捆，以便于运输贩卖。在山里砍树，需要较高的砍伐技术，砍伐前需根据地形和树冠的侧重，确定树木应倒之地，以安排采樵人的位置，保证其安全。

■ 王震《采樵图》

采珠歌

[清]梁佩兰

老夫采珠当生产①，珠耙②在手珠在眼。
往时采珠得好珠，大珠小珠无时无。
一颗一颗一星宿，龙女以此为衣服。
几回海水光烛天，龙王惊动不敢眠。
珠神放出老夫采，富儿买归结珠佩。
于今采珠空珠池，珠耙落水水弥弥③。
自是神物有呵护，珠神徙珠居别浦。
大船采珠多顺风，小船采珠风打篷。
人各执耙下海底，有珠无珠拼一死！
老夫采珠船作家，船头见珠船尾耙。
晚来珠船泊海角，满船珠肉共珠壳。
安得珠出如往时？老夫采取卖富儿。

■ 优质珍珠

【注释】

① 当生产：以此为生计。

② 珠耙：采珠的工具，状如农具的耙。

③ 弥：水满盈状。意谓珠耙中什么都没有捞到。

为采珠，日日船上住，听天命，拼死方度日。这是一首采珠老人的泣歌，发出了千百年来采珠人的悲鸣。本诗借采珠老人的口吻申诉，写出了采珠的艰辛和危险。据《后汉书·孟尝传》载，汉时合浦产珠，由于官吏贪得无厌，驱民滥采，珠蚌都迁往别处。孟尝到合浦做太守后，一改前弊，珍珠蚌失而复得。歌中的老人亦有此苦：从前碰上好运气，大珠小珠作生计，但长年频繁的采珠活动殆尽了珠池的生产力，官吏贪鄙，富户豪奢，老人终日辛勤劳作，却不见珍珠，只能乞求珠神开恩，使他得珠养家人，度残年。诗中两次提及“富儿”，他们以珠民用性命换来的珍珠为享受，与劳动人民的痛苦形成了鲜明的对比，更表露了对人民遭受苦难的深切同情。

岭南近海，自先秦以来就盛产珍珠，采珠历史源远流长。在古时，粤地凡生男子多名曰“珠儿”，生女多曰“珠娘”，大抵珠者粤之精华，以为士女之光耀。居于岭南沿海，以船为家、以采捕为业的渔民无农田之利，只能“耕海采珠，以珠易米”。

我国最早的采珠方法即潜水采捞：采珠人用长绳缠裹腰间，携竹篮向海底深潜，努力闭气，拾取珠蚌，怀着最质朴的愿望挑战自然。至气息不济，他们即摇动绳子，挎上竹篮，待船上的人快速连人带篮拉上水面，就又完成了一次与命运的博弈。此间不但有缺氧的危险，还可能被鲨鱼袭击。为提高生还的可能，珠民不断改良技术，到清朝已创新了机械拖网捕珠，大大提高了采珠量。但涸泽而渔并非长久之策，面对大量的需求与富人的盘剥，珠民疲于奔命，也只能在船头空流泪。

吊养珍珠

■ 尚未雕刻的砚石

杨生青花紫石砚歌

[唐]李贺

端州石工巧如神，踏天磨刀割紫云。
佣刓①抱水含满唇，暗洒苌弘冷血痕。
纱帷②昼暖墨花春，轻沤③漂沫松麝薰。
干腻薄重立脚匀，数寸光秋无日昏。
圆毫促点声静新，孔砚宽顽何足云！

【注释】

① 佣刓：均匀地削磨。
② 纱帷：纱帐，这里指书房。
③ 沤：浸泡，沾水磨墨。

笔墨纸砚，伴随中国历史的书卷，翻过千年。广东肇庆的端砚，与安徽歙砚、甘肃洮河砚、山西澄泥砚并称为四大名砚，端砚更是被文人墨客推崇为群砚之首。本诗将赞辞献给青花紫石砚的采制者——端州石工，称他们“巧”技赛过“神”功。端州石工的手艺真是灵巧如神，在山顶上磨刀采石，犹如脚踏青天割紫云。砚台削磨均匀，注上水后像满含的嘴唇，砚台的花纹里隐现着仿佛苌弘的碧血印痕。白天的书房温暖如春，磨动的墨花更添春意，轻盈的墨泡和漂动的墨沫散发出松麝的芬芳。无论墨汁干润浓淡，研墨的节奏都均匀稳定，小小砚台里的墨汁像秋空般光洁，没有半点浑浊。笔尖蘸墨花，发出细微、清新之声，与此相比，那大而粗的孔砚又有什么值得称颂！

“端溪石，始出于唐武德之世。”清代《石隐砚谈》一书中这样记载端砚的问世。端砚石出自今广东肇庆端州区的西江羚羊峡、斧柯山一带。最好的端砚石，藏在山脉间最难以发掘的罅隙中。采砚的工人需要匍匐前行到狭窄的坑道中，在油灯下寻找岩壁上的石脉，再一锤一锤将几十厘米厚的石肉凿出来，最后用赤裸的肩膀，将砚石背出洞外。一千多年前苏轼南下路过端州时，深感于采砚工的艰辛，写下《端砚铭》，诗云：“千夫挽绠，百夫运斤。篝火下缒，以出斯珍。”

端砚以石质坚实、润滑、细腻、娇嫩而驰名于世，用端砚研墨不滞，发墨快，研出之墨汁细滑，书写流畅不损毫，字迹颜色经久不变，端砚若佳，无论是酷暑还是严冬，用手按其砚心，砚心湛蓝墨绿，水气久久不干，故古人有“呵气研墨”之说。

■ 雕刻端砚

种麻

[明]李德

种麻满东园，种花亦盈亩。
麻生但芃芃[①]，花发映户牖[②]。
容华能几时，零落他人手。
岂如为絺绤[③]，与君同永久。
向来灼灼姿，于今复何有。

【注释】

① 芃芃：草木茂盛的样子。
② 户牖：门户和门窗。
③ 絺绤：葛之细者曰絺，粗者曰绤。

历史上，中国的丝绸、陶瓷、茶叶举世闻名，少有人知的是，麻也一度十分名贵。麻被称为“国纺源头，万年衣祖”，在长达一千多年的时间里，人们穿的衣服和鞋大都以麻为原料。诗人描写的就是南方种麻、种花的田园场景，植物长满田间，生机勃勃的样子映入他的眼帘。花开花落，荣华转瞬即逝，只能零落成泥碾作尘，而葛布却能够长久地保存，为人

■ 冯超然《织布图》

■ 苎麻

们遮雨蔽体，它们从前鲜明盛烈的姿态，如今哪里还存在呢？

悠久的种麻历史，使古人们对麻有了深刻的认识，东晋陶渊明在《归园田居》中写“相见无杂言，但道桑麻长”，用桑麻来代表农业，展现了农民之间无拘无束谈论农事的情景。白居易在《新制布裘》一诗中赞叹自己新做的衣服：“桂布白似雪，吴绵软于云。布重绵且厚，为裘有余温。朝拥坐至暮，夜覆眠达晨。”唐朝诗人司空图写《独坐》有“幽径入桑麻，坞西逢一家”句，给人亲和的返家之感。唐朝诗人孟浩然的《过故人庄》写“开轩面场圃，把酒话桑麻。待到重阳日，还来就菊花”，描述了一幅美丽的乡村图画，打开窗户就能看见丰收的场面，一边喝酒一边谈论桑麻农事，恬淡之感油然而生。

宋代时，苎麻的种植面积和麻布产量均有了显著的提高，纺织业发展十分迅速。宋人周去非介绍：“广西触处富有苎麻，触处善织布。柳布、象布，商人贸迁而闻于四方者也”，“有花纹者，为花綀，一端长四丈余，而重止数十钱，卷而入之小竹筒，尚有余地，以染真红，尤易着色。厥价不廉，稍细者，一端十余缗也”。此足见岭南麻布之好，价格不菲。

渔歌子 · 钓鱼效张志和体[①]

[明]陈献章

红蕖[②]风起白鸥飞，大网拦江鱼正肥。微雨过，又斜晖[③]，村北村南买醉归。

【注释】

① 张志和体：张志和词《渔歌子 · 西塞山前白鹭飞》。

② 红蕖：红荷花。

③ 斜晖：傍晚西斜的阳光。

■ 海上打鱼

“斜风细雨不须归”，唐代诗人张志和的《渔歌子》唤起了多少文人对自然生活的向往。这首词效仿张志和由景及人，写出了捕鱼人潇洒恣意的生活雅趣，表现了岭南水乡渔民的生活，语言清丽，色调鲜明，表现了这位哲人恬淡的心境。细雨中用大网拦鱼，碰上鱼儿肥美，既饱了渔家的肚皮，也装满了渔家的酒囊。

■ 疍家老人

岭南地区，珠江及其支流贯通全境，三角洲上更是水道交错，正适合“大网拦江”，港汊池塘遍布，渔业发达。俗话说：“靠山吃山，靠海吃海。”在自然条件的制约下，这片土地上养育了一群与众不同的渔民——“疍家人”，诗中所描绘的就是他们的生活日常。有人认为是因为他们常年以舟为家，生活在海上，如蛋壳漂泊于海面；也有人认为疍家人常年在海上与风浪搏斗，处于险恶的生存环境，生命没有保障，如同蛋壳般脆弱，故称为疍家。他们以捕鱼为生，和传统渔民类似，但在陆地上没有田地，也没有房产，一生中的大部分时间待在船上逐浪而生。虽然诗中的渔夫“村南村北买醉”，但归向的仍是河海，归向那条栖身的船。船，既是谋生工具，也是唯一的家。

虽然生活艰苦，他们却苦中作乐，发展了丰富灿烂的疍家文化。出海打鱼为生的疍民在劳作之余唱出了他们的渔歌——咸水歌，由于海水的咸味道而得名。咸水歌曲调丰富，内容与疍民传统生活息息相关，唱出了水乡的生活气息，广东民谣《月光光》就是从咸水歌发展而来。新中国成立后，疍家人逐渐上岸定居。

插田歌并引

[唐]刘禹锡

连州城下，俯接村墟。偶登郡楼，适有所感，遂书其事为俚歌，以俟采诗者。

冈头花草齐，燕子东西飞。田塍[①]望如线，白水光参差。农妇白纻裙，农父绿蓑衣。齐唱田中歌，嘤伫如竹枝。但闻怨响音，不辨俚语词。时时一大笑，此必相嘲嗤。水平苗漠漠[②]，烟火生墟落[③]。黄犬往复还，赤鸡鸣且啄。路旁谁家郎？乌帽衫袖长。自言上计吏，年初离帝乡。田夫语计吏："君家侬定谙。一来长安罢，眼大不相参。"计吏笑致辞："长安真大处。省门高轲峨，侬入无度数。昨来补卫士，唯用筒竹布。君看二三年，我作官人去。"

【注释】

① 田塍：田间的土埂、小路。
② 漠漠：密布，布满。
③ 墟落：村落。

■ 插秧

“永贞革新”失败后，刘禹锡遭一贬再贬，元和十年（815）被贬到连州当刺史。他关心农民的生活疾苦，在任地方官期间，每遇灾害他便上书求救和蠲免，他还写了许多表现劳动人民生活和劳动的诗，《插田歌》即其中之一。此诗有感而发，巧妙地借用俚歌形式讽刺朝政。

■ 稻穗

插秧时节春光明媚，农夫农妇插秧时整个田野间一派生机盎然。诗人抓住农人的歌声进行细致刻画，虽然无法辨清其词，却亦能欣赏其旋律。“怨响音”是农民们在艰难生活的重压下自然流出的痛苦呻吟，“大笑”则将忧郁的情调与活跃的气氛融和在一起，歌声虽然哀怨，但无沉闷之感。以水田插完后的情景转向墟里烟火，既表现了地点的变更，也将时间的推移显现，描绘农忙后村落里富有生活气息的情景。诗歌自上计吏出场后，便以对话的方式将诗的主旨缓缓道来：计吏的夸耀揭露出了朝廷卖官鬻爵的现象，也隐含了作者的忧虑，讽谏的意旨已达，痛心的感情力透纸背。

广东本地种植双季稻，早稻一般在清明期间插秧，到小暑前后收获。早稻收割完了就要灌溉、耙整稻田，立秋前后插晚稻的秧苗，当地农民有句谚语：“春争日，夏争时，立秋前后要插田”。到了立冬，晚稻就开始成熟，有“立冬三日满田红”之说。基于岭南地区的水乡特点，珠三角很早就发展了基塘农业，作为最重要、最古老、最具代表性的农业模式，以“桑基鱼塘”“蔗基鱼塘”“果基鱼塘”三大板块最常见，奠定了岭南农业的生态格局。宋代时北方人口的大量进入，加大了对稻米的需求，且带来了先进的种稻技术，促进了岭南稻作的新发展。

寒女行

[唐]邵谒

寒女命自薄，生来多贱微。
家贫人不聘，一身无所归。
养蚕多苦心，茧熟他人丝。
织素徒苦力，素成他人衣。
青楼[①]富家女，才生便有主[②]。
终日著罗绮，何曾识机杼[③]。
清夜闻歌声，听之泪如雨。
他人如何欢，我意又何苦。
所以问皇天，皇天竟无语。

【注释】

① 青楼：古代豪华精美的楼房，常以指美女所居。

② 有主：有夫家。

③ 机杼：织机和织布的梭子，引申为纺织。

清·汪浦《养蚕图》

经过安史之乱，中唐以后的土地兼并严重，以致“富者兼地数万亩，贫者无容足之居”，出身贫贱的邵谒就生活在这样一个灾难深重、动乱频繁的社会里。此诗以一位贫家少女的口吻，揭露了当地贫苦织女的悲惨处境和尖锐的社会矛盾。诗中描述贫家少女终年辛苦养蚕、织绢却无所得，仍旧过着困苦的生活，无人聘娶；而富家女不用纺织就罗绮满身，尽情享乐。通过对比寒女和富家女的不同命运，诗人揭露了封建社会贫富不均的现实问题，抨击了阶级压迫社会的不合理，表达了他对劳动人民的深切同情。

晚唐时期，邵谒在翁源县（在今广东省韶关市）衙任小吏。一日，有客至，县令指使其铺床接待，邵谒不应，县令怒而斥之，邵谒不服，奋然拔刀截其发悬于县门，并发誓曰：“学苟不成有如此发”，然后离去。他隐居苦读三年，学业大进，于唐咸通七年（866）赴长安入国子监，得诗人温庭筠赏识和力荐，诗名大振，后登进士第。邵谒是晚唐时期现实主义诗派的客家诗人，一生创作了大量的诗歌，因其久居长安，诗名熠熠，世誉其为“岭南五才子”之一。其诗多抨击时事，敢为被压迫者鸣不平，反映了他疾世的思想。

明代，北方蚕桑重地逐渐衰弱，蚕桑业中心日渐南移。明代后期广东开始出现“桑基鱼塘”的生态农业形式，“塘里鱼儿肥，基上桑林绿”，描绘的就是那里的场景。池埂种桑，桑叶养蚕，蚕沙喂鱼，塘泥肥桑，这种生态循环农业模式，不仅彰显了古人的智慧，也支撑着延续近千年的佛山农业文化命脉，诞生了明清时代佛山“一艇生丝去，一艇白银回，广纱甲天下，丝绸誉神州”的盛景。

■ 蚕茧

罗浮茶

[宋]逍遥子

少水仍将活火[1]煎，茶经妙处莫虚传。
陆颠所在闲题品，未试罗浮第一泉。

苏轼爱竹，曾写“不可居无竹”，然而论到大多数广东人，则该改成“不可居无茶”，在他们的日常生活中，茶是必不可少的角色。屈大均在《广东新语》中记载：“罗浮幽居洞北有茶庵，每岁春分前一日，采茶者多寓此庵。其茶以受日阴阳，分味之高下，试以景泰泉水，芳香勃发，是曰‘罗浮茶’。景泰泉者，罗浮诸泉之冠。”南宋淳祐年间，逍遥子来到罗浮山，在此为茶庵赋诗。烧旺炉火使水速开至冒出小泡，煎茶品味，诗人越发享受罗浮泉的滋味，认为陆羽未得尝试品题，《茶经》未能记载其妙处实在是遗憾得很。

【注释】

① 活火：明火。

■ 茶艺展示

我国既是“茶的国度”，又是“诗的国家”，茶很早就渗透进诗词之中。唐代白居易写有“坐酌泠泠水，看煎瑟瑟尘”，以煎水煮茶为乐，把这种享受传递给爱茶的友人，闲适又富有意趣；宋代苏轼写有“休对故人思故国，且将新火试新茶。诗酒趁年华”，借煮茶来排遣对故国的思念之情，既隐含词人难以解脱的苦闷，又表达其解脱苦闷的自我调适，表达了词人豁达超脱的襟怀；清代纳兰性德写有“被酒莫惊春睡重，赌书消得泼茶香，当时只道是寻常”，回忆妻子的体贴关心与夫妻风雅生活的乐趣，而斯人已逝，哀思与无奈不尽，蕴含了词人追悔和无奈之情。

自明代以来，广州茶市与潮州工夫茶这两朵岭南茶文化的奇葩双双绽放，使岭南茶文化成为中国四大茶文化系列之一。广东人饮茶，除了是一种饮食习惯，更是一种礼节文化的象征。有客到时，主人要做的第一件事便是奉上一杯“靓茶”，说的第一句话就是“请饮茶”，以表示热情友好。

陈少梅《得闲饮茶》

桂酒颂

[宋]苏轼

中原百国东南倾，流膏输液归南溟。
祝融司方发其英，沐日浴月百宝生。
水娠黄金山空青，丹砂晨暾[1]珠夜明。
百卉甘辛角芳馨，旃檀沈水乃公卿。
大夫芝兰士蕙蘅，桂君独立冬鲜荣。
无所摄畏时靡争，酿为我醪[2]淳而清。
甘终不坏醉不酲[3]，辅安五神伐三彭。
肌肤渥丹身毛轻，冷然风飞罔水行。
谁其传者疑方平，教我常作醉中醒。

【注释】

① 晨暾：朝阳。
② 醪：未过滤的酒。
③ 酲：酒醉后引起的病态。

■ 清·汪洵《饮酒图》

苏东坡一生爱酒，他曾对人说："予虽饮酒不多，然而日欲把盏为乐，殆不可一日无此君。"绍圣元年（1094）被贬惠州后，苏轼为对付岭南瘴毒，着手按照道士传授的桂酒仙方，酿造桂酒。在《桂酒颂》序中他提到"岭南无酒禁，有隐者以桂酒方授吾。酿成而玉色，香味超然，非人间物也"，对自己所酿之酒得意非凡，因而作此颂以记述。诗人从所在方位写起，赞南海圣地钟灵毓秀，百花盛开，芬芳四溢。未经过滤的浊酒醇厚清香，直喝得诗人飘飘欲仙，周身一轻，有御风之感。

■ 佛山石湾玉冰烧

除了桂酒外，苏轼在岭南还遍尝美酒，唐人多称酒为"春"，苏轼也沿用这一习惯。苏轼写"岭南万户皆春色，会有幽人客寓公"，记述惠州父老用当地酿造的万户春酒招待他的乐事；他又有"三山咫尺不归去，一杯付与罗浮春"句，因惠州有山名罗浮，便为自己酿造的糯米黄酒取名叫罗浮春，赞其甘洌滋味；朋友苏州定慧寺长老守钦赠诗安慰，并派其徒弟到惠州看望他，苏轼在回诗中写"松花酿仙酒，木客馈山飧"，再现自己在惠州用松黄酒待客的经历。

广东佛山石湾玉冰烧酒是中国豉香型白酒的典型代表，享誉中外，是岭南一绝。1883年，陈如岳考中了进士，光绪钦点他为翰林学士，但他无心官场，反而辞官归家继承祖业潜心酿酒。1895年，陈如岳在太吉米酒里添加肥猪肉，以石湾陶埕浸泡陈酿，由此创造了石湾玉冰烧"肥肉酝浸，缸埕陈藏"的独特米酒酿制技艺。

花地

[清]张维屏

花埭①接花津②，四时都是春。
一年三百六，日日卖花人。
近海多烟水，高城少市尘。
东园数亩地，聊且③寄闲身。

【注释】

① 花埭：花地的古名。
② 津：渡口。
③ 聊且：姑且，暂且。

■ 蝴蝶兰在新春花市很受欢迎

“年廿九，行花街，行过花街才过年。”对于许多文人墨客来说，行花街后要留下墨宝才算没有白来。被称为“粤东三子”之一的清代学者、诗人张维屏的《花地》诗，是我们目前能见到最早的花市诗之一。广州城气候温润，四季如春，缤纷的花朵开不尽，养活了一众卖花人。诗人归隐筑室于花地，名万松园，也常在花间作文酒之会，颐养闲情。

“花埭接花津”说的大概就是五仙门花市的盛景。早期的常年花市大约成形在明朝中期，那时花市以零售为主，其中五仙门市场最具代表性。当时的花农多集中在珠江南岸，他们以小艇运花过河，在城门摆卖，虽然只卖素馨，亦可够一生衣食，五仙门对岸的码头因此得名为“花渡”。广州庄头村种花在明朝已近专业，后逐步扩展到诗中所述的“花埭”，至今已有七百多年历史。郭沫若有诗《在广州游花市》“游人手把花成束，赢得春风上面庞”，又有林伯渠《春节看花市》“通宵灯火人如织，一派歌声喜欲狂”，道出当时花市盛景，也说明市民对花的喜爱，表现“花仔花女”们卖花生意兴隆。

随着迎春花市的发展，广府地区衍生出独特的花意文化。在花市中常见的有年桔与桃花，因为在粤语中，“桔”“桃”的读音与“吉”“图”相同，便有了“大吉大利”“大展宏图”之意。年宵花市，承载着广州市民对新年的期盼，在广州人心里，“行花街”是为了沾点花香瑞气、挤掉晦气，希望来年能风调雨顺、幸福平安，寄托了人们单纯质朴的愿望，因此每年的花市热闹非凡。迎春花市已成了广东的传统民俗文化盛会。

广州水上花市

果市（其一）

[清]屈大均

冬仲[①]山城果市齐[②]，香圞[③]朱橘压林低。
无钱亦得柑头饱，赌核赢来贱似泥。

【注释】

① 冬仲：仲冬，也称中冬，指的是冬季第二个月。

② 齐：完备。

③ 香圞：柚子。

岭南地处南方，气候温和，四季如春，水果也是连续不断。这是一首地域风情诗，诗人作为岭南风俗的勘探者，在冬天来到果市，见到如此丰富的物产，不由得吟诗记录。虽然是仲冬时节，但岭南的水果仍旧新鲜丰富，瓜果飘香，柚子、橘子压满枝头。《广东新语》记载，广州儿童有斗柑的游戏，比赛谁吃的柑橘中核最多，以多者为胜，诗中的“赌核”应是此种游戏，故而有“无钱亦得柑头饱，赌核赢来贱似泥”之说。

除斗柑外，儿童们还有赌蔗的游戏，“蔗以刀自尾至首破之，不偏一黍，又一破直至蔗首者为胜”。岭南物产丰饶，儿童在市间嬉戏，借当地特产为游戏道具，更流露出生活的勃勃生机。岭南有很多佳果，果市、果栏更是随处可见。冬天的果市，以柑、橘、柚、香橼等果品为主，“橘柚团团佛手长，玉盘堆满一冬香”，描绘的就是冬日果市的丰富物产；夏日的果市则品种更多，且有专市，如顺德的锦鲤海是龙眼市，增城的沙贝则是荔枝市。屈大均的《广州荔枝词》之五写道：“端阳是处子离离，火齐如山入市时。一树增城名挂绿，冰融雪沃少人知。”所写的就是增城的荔枝市，“火齐如山”足以想见市集的繁荣景象。

据统计，岭南的水果有五百多种，其中以荔枝、香蕉、木瓜、菠萝分布最广，产量最多，质量最好，被誉为岭南四大名果。广州的水果则以荔枝和龙眼最为出名，在以前交通物流还不甚发达的时候，每年夏至，商人就用板箱装载荔枝和龙眼北上贩售，这些箱子因而被称为“果箱”，十分受北方人民欢迎。

■ 清·居廉《佛手》

南海神庙铜鼓歌

[清]梁佩兰

龙宫一夜蛟鼍[1]舞，南海庙巫扣铜鼓。
南海庙神广利王，割据四海南海方。
铜鼓置在王庙左，庄严鼓县四小锁。
大巫一扣潮水平，小巫一扣江水清。
二月望日王生日，鼓声掌人拜出入。
相传鼓是汉伏波，平蛮得自蛮犀驮。
至今鼓身满龟钮，龟形剥烂似苍狗。
铜气蚀尽不觉腥，鼓皮凹凸生古青。
周围五尺背与面，年月制造字不见。
更传此鼓原雌雄，男律女吕音和同。
鬼神痛哭泄造化，哀诉雷公撤河下。
独留一鼓歆庙前，撞破世代千余年。
当今皇帝新即位，遣官祀王用王礼。
王灵震叠摇灵幡[2]，彤云赤日生祀坛。
铜鼓无人忽声起，鼓沉鼓响塞[3]天地。
须臾祀毕官欲回，动著铜鼓惊龙媒。
四时海激吼风雨，重恐铜鼓又飞去。

■ 波罗诞庙会——“五子朝王”盛大巡游

【注释】

① 鼍：鼍龙，即扬子鳄。
② 灵幡：震慑恶鬼的法器。
③ 塞：填入。

铜鼓是颇具地方特色的乐器，流传于广东、广西及古代西南少数民族聚居之地，数百年来，时有出土者。本诗专咏放置在广州黄埔南海神庙中的铜鼓，写粤人叩鼓祭海神的场景。唐代开元时国富民强，朝廷认为南海神庇佑有功，除立夏日祭祀外还行春秋二祭，唐玄宗感恩于南海神，将南海神敕封为“广利王”。巫祝叩响铜鼓，向海神祈祷海晏河清天下太平，大巫小巫齐上阵，好一场盛大的神祭。《广东新语》记载：“又云：‘铜鼓之大者，旧雌雄各一，今庙所存者雄也，其雌向遇风雷，飞入狮子海中。’今雄鸣，则其雌辄相应云。”雌雄铜鼓互相迎合，正如“男律女吕”般声律相谐，哀动天地。

敲击铜鼓伴随歌舞，常常与祈年、禳灾等宗教祭祀活动密切相关。我国历代诗人墨客对敲击铜鼓、载歌载舞的赛神情景有许多生动形象的描绘。唐代诗人温庭筠咏“铜鼓赛神来，满庭幡盖徘徊。水村江浦过风雷，楚山如画烟开”；花间词人许浑吟“绿水暖青蘋，湘潭万里春。瓦樽迎海客，铜鼓赛江神”；五代词人孙光宪写“铜鼓与蛮歌，南人祈赛多。客帆风正急，茜袖偎樯立”，诗词中既有明媚旖旎的南国春光，又有在大好春色中，伴随阵阵鼓声和粗犷的歌声，舞蹈赛神的热烈场面。

■ 南海神庙东汉铜鼓

梅州竹枝词

[清]张芝田

拳馆频开习练精，当场几辈较输赢。
骇人面目沙禾①壳，戏弄狮儿向草坪。

【注释】

① 沙禾：广东醒狮表演中的弄狮人，头戴多层纸糊制成的和尚形象头套，身穿长袍皂服，手执大葵扇。广东部分地区的客家人称其为“沙禾”或“沙和”，广府地区称其为“大头佛”。

■ 广东醒狮

舞狮由唐代宫廷狮子舞脱胎而来，五代十国之后，随着中原移民的南迁，舞狮文化传入岭南地区。舞狮分南北两派，广东南海是南狮发源地，在明代初期，南海便有专门制作舞狮和锣、鼓、钹的能工巧匠。逢年过节或遇到重大喜庆时，附近的墟集和村落必定出动舞狮助兴，四乡和相邻郡县多有到佛山采购狮子和锣鼓者，使得南海的舞狮技艺得到进一步推广。南狮具有求吉辟邪的功用，曾被称为“瑞狮”，但因“瑞狮”在粤语中与“睡狮”谐音，近代以后，广东人将其改称为“醒狮”，寓意醒狮醒国魂，击鼓振精神。

广东醒狮集武术、舞蹈、音乐于一体，凡舞醒狮者，必先学南拳。要成为专业的醒狮表演者，更须频繁前往拳馆勤加练习，以达到动作的威武灵活。

■ 大头佛

醒狮表演时，舞狮人会先打一阵南拳作为开场，这称为“开桩”。然后，由两人扮演一头狮子耍舞，另一人头戴头套扮演“大头佛”，手执大葵扇引狮登场。今天人们熟悉的“大头佛”往往笑容可掬，形象滑稽。而诗人笔下梅州客家的“沙禾”，则戴着当地的传统头套，面目怪异甚至“骇人”。无论是广府的“大头佛”还是客家的“沙禾”，都发挥着引导和指挥狮舞的作用，并以滑稽诙谐的表演与醒狮相配合，使整场演出妙趣横生。

舞狮人动作多以南拳马步为主，狮子动作有“睁眼”“洗须”“舔身”“抖毛”等，主要套路有“采青”“高台饮水”“狮子吐球”“踩梅花桩”等，以各种招式来表现南派武功，生动有趣，活灵活现，富有阳刚之气。

“采青”是醒狮的精髓，舞狮的时候，人们一般会悬挂一棵生菜，取其头，有“生猛”“生意兴隆”的象征。把生菜及利是(红包)悬挂起来，狮子在“青”前舞数回，表现犹豫，然后一跃而起，把生菜一口“吃”入嘴内，再把生菜“咬碎吐出”，向大家致意，或把“青”吐出来抛给主人，主人接“青”，表示接到福气。

广州灯夕词（选一）

[清]潘珍堂

倾城宝骑出相仍①，匝地②肩舆转沸腾。
彩杖不须为幻化，广州灯胜广陵③灯。

【注释】

① 相仍：连续不断。

② 匝地：遍地 。

③ 广陵：今江苏扬州。

“众里寻他千百度。蓦然回首，那人却在，灯火阑珊处”，辛弃疾描摹的元宵灯火遇佳人，历经千百年依旧动人心魄。观灯是元宵期间的传统民俗活动，每到正月十五，无论士族还是庶民都要挂灯，城乡通宵灯火辉煌。这首竹枝词描写的便是元宵夜里广州城中男女老少上街观灯的盛况：宝马穿行，香车满街，灯火璀璨，流光溢彩，美如幻境，甚至比久负盛名的广陵灯会还要精彩。

汉明帝永平年间（58—75年），明帝提

■ 穿汉服赏花灯成为新时尚

倡佛法，适逢蔡愔从印度求得佛法归来，称印度摩揭陀国每逢正月十五，僧众云集瞻仰佛舍利，是参佛的吉日良辰。为了弘扬佛法，汉明帝下令正月十五夜在宫中和寺院燃灯表佛。此后，元宵放灯的习俗逐渐从宫廷流传到民间，唐代时，元宵放灯已发展成为盛况空前的灯市。唐代苏味道诗云“火树银花合，星桥铁锁开。暗尘随马去，明月逐人来”，描绘了灯月交辉，游人如织，热闹非凡的场景；唐代张悦也曾写诗为赞“花萼楼门雨露新，长安城市太平人。龙衔火树千灯焰，鸡踏莲花万岁春”，形象地描画元宵节花灯的丰富造型；唐代诗人崔液的《上元夜》诗写道“玉漏银壶且莫催，铁关金锁彻明开。谁家见月能闲坐，何处闻灯不看来”，把人声鼎沸、繁华热闹的京城元宵盛况一语道尽。

潮剧传统剧目《荔镜记》中有对元宵观花灯的描述，潮州元宵佳节闹花灯，一直要闹十个昼夜，是潮州地区非常热闹的新年节庆盛事。潮州的花灯艺术纷繁讲究，单用材就近千种，主要分为挂灯和屏灯两大类，前者悬挂用，后者作案台陈设。花灯多以耳熟能详的历史故事情节为题材和内容，造型多样，成为一种雅俗共赏的精美工艺品。

■ 水上花灯

■ 粤剧《鸳鸯剑》

汾江竹枝词·粤剧

[清]梁序镛

梨园歌舞赛繁华，一带红船泊晚沙。
但到年年天贶节①，万人围住看琼花②。

【注释】

① 天贶节：农历六月初六。
② 琼花：琼花会馆。

佛山是粤剧的发源地，明朝嘉靖年间，最早的粤剧行会组织——琼花会馆就在此建立。至今，粤剧行内仍有“未有八和，先有吉庆，未有吉庆，先有琼花”之说。珠江三角洲地区河网密布、水道纵横，粤剧戏班到各村镇演出多行水路，乘船至各村镇的埠头后再行前往戏台。戏班为便利来往各乡演出，特制戏船二只，作为交通工具及戏班人员住宿场所，将一应道具和日用品安置于此。因整船被漆成朱红，故名“红船”，粤剧伶人也因此被称为“红船子弟”。本诗描绘的就是红船在佛山琼花会馆附近停泊的景象：夜幕笼罩，红船泊在岸边，梨园歌舞升平，热闹繁华到天明，家家户户齐出动，万人空巷看粤剧，是广府文化民俗的生动写照。

粤剧唱词雅俗共赏，在书面语中常夹杂粤语俚语，与广东人的日常生活相当接近，因此特别易于传唱。比如《客途秋恨》中那一句“你睇斜阳照住嗰对双飞燕，睇我独倚篷窗我就思悄然”，既有画面，又浅显易懂，将女子孤独思念的神态展现得惟妙惟肖。随着时间推移，广东人说话时偶尔也会蹦出几句“大戏”来，比如“识弹唔识唱”，原意说玩粤剧只会奏乐不会唱曲，后被引申用以指那些动辄挑剔、冷言讥笑别人却不务实事的人。

粤剧的传统剧目早期主要有《一捧雪》《二度梅》《三官堂》等所谓“江湖十八本”，不少剧目题材来自木鱼书等民间曲艺，反映了粤语族群的历史和现实生活及各种民间习俗。周恩来总理曾赞扬“昆剧是江南的兰花，粤剧是南国的红豆”，从此粤剧有了“南国红豆”的美称。

■ 粤剧《梦断香销四十年》

踏潮歌并引

[唐]刘禹锡

元和十年夏五月，终风驾涛，南海泛溢。南人云，踏潮也，率三岁一有之。客或言其状，因歌之。

屯门积日无回飙，沧波不归成踏潮。
轰如鞭石矻[1]且摇，亘空欲驾鼋鼍桥。
惊湍蹙缩悍而骄，大陵高岸失岧峣[2]。
四边无阻音响调，背负元气掀重霄。
介鲸得性方逍遥，仰鼻嘘吸扬朱翘。
海人狂顾迭相招，罽衣髽首[3]声哓哓。
征南将军登丽谯，赤旗指麾不敢嚣。
翌日风回沴气消，归涛纳纳景昭昭。
乌泥白沙复满海，海色不动如青瑶。

【注释】

① 矻：勤作不懈，此指不停地动。
② 岧峣：山高峻貌。
③ 罽衣髽首：以渔网为衣，以麻束扎头发。

自小听说钱塘海潮声势滔天，但许多人不知道的是，岭南的海潮也是气势磅礴。屯门已经多日没有回旋的暴风了，苍茫的波涛滚滚向前奔涌，形成了天文大潮。潮水涌动好像石头不停地摇动，在空中横亘，像帝王出行的行列那样盛大。惊涛拍岸，浪声滔天，吓得沿海的人们惊慌四顾，接连相互呼喊着逃散。然而风平浪静只在朝夕之间，再凶悍的波涛见了征南将军也得收敛秉性，波涛被大海包容，转天阳光明丽，海面又像青玉一般温润沉静了。

这首诗是诗人听闻南海潮泛滥而作，但不久后的他，却确确实实到了南海边。“玄都观里桃千树，尽是刘郎去后栽。”写下家喻户晓的“前度刘郎”前篇后，刘禹锡就因语涉讥谤，被贬谪到连州。尽管愤懑、无奈，但他立誓要像前任贤吏一样“功利存乎人民”。刘禹锡在连州重文兴教，促成连州日后“科第甲通省”；关心瑶族人民生产、生活，加强民族团结；编著《传信方》医书，解百姓疾苦；加强与周边州县联谊，推动连州成为楚南、桂东、粤北区域文化和商贸中心；建成唐代第一个岭南园林名胜——海阳湖。如今，刘禹锡已成为连州的一张历史文化名片。

《广东新语》记载“潮”一条：“其在番禺之都，朝潮未落，暮潮乘之，驾以终风，前后相蹙，海水为之沸溢，是曰‘沓潮’。”“沓潮”指极盛大的潮水，也叫作“合沓水”，取重沓之意，指旧的海潮还没有消退，新的海潮已经翻滚而来，二者相遇，相互冲撞翻腾的场面。广东人观潮，观的也就是这种奋勇相持的雄壮气势。广州南海神庙前还立有“海不扬波”牌坊，寓以河清海晏、天下太平之意。

■ 康同璧《观海图》

早茶竹枝词

[清]佚名

五更[①]三点大门开，茶客四面涌进来。
一盅两件自得乐，伙计勤力[②]笑颜开[③]。

【注释】

① 五更：凌晨三点至五点。
② 勤力：勤劳、劳费体力。
③ 开：舒展。

■ 早茶点心

“饮咗茶未啊！”是广东人见面时常说的一句话，在广东，饮早茶已成为当地人生活中必不可少的一部分。在茶楼里，大家一边品尝美味，一边和家人朋友闲话家常，声音此起彼伏，人与人之间的关系也逐渐拉近。本诗描摹的就是老广得闲一同饮茶的热闹场景。以前，广州人有早起的习惯，因此早茶是重头戏，茶楼早上六时已经热闹起来，有人带着鸟笼逗乐，也有人边听粤剧边饮茶。因此，饮茶在广东又称为“叹茶”，带有享受的含义。

广东早茶的历史可追溯到清代，在咸丰年间，广州、佛山等地开始有喝茶的“二厘馆”；后来发展出两层楼的茶居，可以让茶客们坐下来闲谈；随着经济发展，茶居渐渐现出繁荣之势，并逐步“发展成为茶楼饼饵业”；“十三行”时期，商贾名流需要一处款待生意伙伴的场所，第一间现代化茶楼“三元楼”应运而生。20世纪20年

代末期，广州许多茶楼为了招揽食客，争相推出“星期美点”，成为当时餐饮界的潮流。那时茶楼宛如一个“小社会”，世相百态、人情世故都凝聚在饮茶之中。后来，广州园林式茶楼兴起，各家茶点越发丰富精致，令人应接不暇。

广州人讲究“食不厌精”，但点心的价格是高低都有，丰俭由人，丰则美点香糕，俭则“一盅两件”，即茶一盅、点心两道。广东早茶茶点讲究精、美、新、巧，广式点心的“四大天王”：叉烧包、虾饺、蛋挞和干蒸烧卖更是大家的心头好。红润油亮的叉烧包裹在白嫩松软的面皮中，一口下去唇齿留香；柔韧的水晶饺皮与甜脆的虾仁糅合，更是让人回味无穷……

广州竹枝词 · 新年

[清]王时宪

海南[1]也尚拜新年，爆竹声高撼九天。
白饼煎堆争啖[2]罢，更携柏酒[3]出堂前。

【注释】

① 海南：泛指南部滨海地区。
② 啖：吃。
③ 柏酒：即柏叶酒。古代中国谓春节饮之，可以辟邪。

新年时节，家家户户都热火朝天地迎接新一岁的到来，词人在南海之滨，感受着别样的新年风俗。词人由江苏上京赶考出仕，感受的都是岭南以北的风俗氛围，乍到南海之滨，发现虽然地域转迁，但风俗却相似。“爆竹声中一岁除”，广州新年在喜庆的氛围中拉开序幕。同样红火的氛围中，特色的风物更新着词

■ 煎堆

人的生活认知：大家吃煎堆，喝柏叶酒，都祈求来年交好运，生活幸福安乐。

广府人常说“年晚煎堆，人有我有”，意思是过年了，不管富裕还是平常的人家，多少都得在家里开油镬，做些新年传统的油炸点心，来年才能万事顺遂，日子也会过得像油镬似的油油润润、富富足足。“争啖煎堆”不仅是热闹的新年活动，更承载了对来年的殷切期盼。饱满的煎堆好似金元宝，“煎堆辘辘，金银满屋”，寓意生活富足；煎堆表面洒满芝麻，寓意家庭圆满、开枝散叶，都是好意头。

岭南人的春节可是分外热闹，从腊月廿三开始，“春节序曲”的大幕徐徐拉开，以“辞旧迎新”为意旨，串起一套清理旧事、开启新貌的完整仪式，一直持续到正月十五。洗邋遢、行花街、醒狮舞龙、砌全盒、开油镬……这些都是广府专属的年味年俗。此外，广东“利是”也为人所津津乐道。“利是”也叫“利事”“利市”，取其大吉大利、好运连连之意。“逗利是”是广东话中的口语说法，即“讨要红包”的意思。未婚者均有逗利是的资格，已婚人家一般会给两封，以示“好事成双”。不管认不认识，拱手多说几句“恭喜发财”“心想事成”这种吉利话，哄得对方心花怒放，自然“利是逗来”。

■ 沈心海《爆竹声声》

灯词八首（选一）

［清］李黼平

谁家小女爱光辉[1]，相约通宵不许归。
才祀[2]紫姑应有喜，出门真见凤凰飞。

【注释】

① 光辉：明亮夺目的光芒。

② 祀：祭祀。

广州元宵闹花灯的传统在南汉时就盛行，至今已延续千年。广州民间正月初十到元宵期间要“开灯”，所有宗祠大门、神堂正中央和两旁，都挂起莲花灯；灶君、“床头婆”神位、土地庙也都点起了灯。“开灯”之夜，亲朋好友都欢聚一堂“饮灯酒”；正月十三日则是“试灯”，即试点元宵灯；正月十四就到了上元前夕，坊间纷纷搭灯棚，系结花彩，箫鼓齐鸣，舞龙舞狮，预演元宵节目，街市摊贩也

■ 元宵“游灯”

竞售各式纸灯，争奇斗艳。诗人详细描绘广州的灯会热闹、明亮而又富有情趣，连神仙都看得目不转睛的情景。女孩们尤其喜爱灯彩，相约共度元宵，才刚刚拜祭过紫姑神，出门就见到了如凤凰般的花灯，耀眼夺目。

正月十五元宵节这一天，许多地方闹社火，但岭南这边统一有一个特别的风俗，叫“迎紫姑”。紫姑虽名为厕神，却并不管其间事，而是以占卜闻名。最早记载紫姑传说的是南朝刘敬叔的志怪小说《异苑》记载：“说世有紫姑神，古来相传云：是人家妾，为大妇所嫉，每以秽事相次役。正月十五日，感激而死。故世人以其日作其形，夜于厕间或猪栏边迎之……投者觉重，便是神来，奠设酒果，亦觉貌辉辉有色，即跳躞不住，能占众事，卜未来、蚕桑。”紫姑因其悲惨的身世和遭遇在民间得到了广泛的同情，而被传颂为神，并且以其能文知书、善卜众事的本领活跃在民间扶乩活动当中。

除迎紫姑、开灯之外，岭南还有许多有趣的民俗传承不朽，清代的《羊城竹枝词》有“鱼灯万颗耀长空，闹热元宵处处同。顶马狮龙人物好，衢歌巷舞尽儿童”句，把火树银花闹元宵的场景描绘得酣畅淋漓。

■ 茶山春色

减字木兰花·立春

[宋]苏轼

春牛春杖，无限春风来海上。便丐春工[①]，染得桃红似肉红。
春幡春胜[②]，一阵春风吹酒醒。不似天涯，卷起杨花[③]似雪花。

【注释】

① 春工：将春天比喻为唤醒万物、触发农作物生长的农工。
② 春胜：一种剪成图案或文字的剪纸，也称剪胜，以示迎春。
③ 杨花：柳絮。

立春为二十四节气之首，立，有“开始”之意；春，代表着温暖、生长，立春标志着万物闭藏的冬季已过去，开始进入风和日暖、万物生长的春季。在自然界，立春最显著的特点就是万物开始有复苏的迹象，而在传统观念中，立春则有吉祥的含义。这首词是苏轼被贬海南时所作，以欢快的笔触描写海南绚丽的春光，寄托了他随遇而安的达观思想。

■ 打春场景展示

这首词每一阕的首句都从立春的习俗发端，屈大均在《广东新语》中介绍：“立春日，有司逆勾芒土牛。勾芒名拗春童，著帽则春暖，否则春寒。土牛色红则旱，黑则水。竟以红豆五色米洒之，以消一岁之疾疹。以土牛泥泥灶，以肥六畜。”打春仪式中的春神勾芒由男童扮演，牛以泥塑，是日农家休息，家家户户张灯结彩，群众舞狮舞龙贺春来。女子们头戴绫罗彩纸剪成的春燕、春花、旗幡，那情景正如辛稼轩词中所写“春已归来。看美人头上，袅袅春幡”。春风从海上来，不仅写出地处海岛的特点，而且境界壮阔，令人胸襟为之一舒。迎春的宴席上春酒醉人，兴致勃发，情趣浓郁。海南地暖，其时已见杨花；而中原，燕到春分前后始至，与杨柳飞花约略同时。作者用海南所无的雪花来比拟海南早见的杨花，谓海南跟中原景色略同，于是发出“不似天涯”的感叹。

打春等农俗在城市中已不常见，但咬春的食俗不分城乡，长盛不衰，甚至推陈出新。汉代立春日咬春必吃生菜，而唐宋时众多文人则交口称颂五辛盘，岁月更迭，当时还要作为赏赐才能吃到春盘，今已幻变其形，化作南方的春卷、北方的春饼，飞入寻常百姓家。

寒食

[宋]赵鼎

寂寂柴门村落里，也教插柳记年华。
禁烟不到粤人国①，上冢亦携庞老家②。
汉寝唐陵无麦饭③，山溪野径有梨花。
一樽径籍青苔卧，莫管城头奏暮笳。

【注释】

① 粤人国：本指广东，此处指赵鼎当时被贬之处，即广东潮州。

② 庞老家：指庞德公一家。庞德公，东汉末年有名的隐士。有一次隐士司马徽来看他，正碰上他上坟扫墓归来。此泛指一般平民百姓全家上坟事。

③ 麦饭：用面里掺杂野菜蒸成的饭，指最粗糙的饭食。

这首诗是诗人在晚年因支持岳飞进兵收复失地，反对秦桧的妥协投降，被贬岭南时逢清明而作，虽题为《寒食》，但写的是从寒食到清明的见闻。荒凉的村庄里，家家插柳枝的寒食节不禁烟火，全家老少一起上坟祭祀，而前朝的皇家陵墓竟无人祭祀，只有梨花默哀。以此观之，功名爵禄不过是过眼云烟，放任自适才是正道。诗人以风俗的不同表明所处的荒僻，暗示贬谪之怨恨和怀乡之深情，又以上坟风俗古今之殊，表达对世道的愤慨不平和对国事的忧虑。

■ 钱瘦铁《卖花声里过清明》

清明在仲春与暮春之交，是中华民族最隆重盛大的祭祖大节，此时万物吐故纳新，大地呈春和景明之象。清明节在历史发展中不仅融汇了寒食节禁火、冷食等习俗内容，还增加了祭祀宴饮、曲水流觞、郊外游春等活动。文人墨客多是此间常客，留下了不少诗篇记录当时情景。宋代秦观写“清明天气醉游郎。莺儿狂，燕儿狂。翠盖红缨，道上往来忙”，晴朗的天气陶醉了少年郎，莺燕肆意飞舞，车水马龙往来匆忙的场景如在目前；唐代韦庄写“紫陌乱嘶红叱拨，绿杨高映画秋千”，红色的骏马在道上嘶叫，绿杨遮掩下的庭院里有女子欢快地荡秋千，描绘出一幅生动的游春图。

广东有“踏青”与“行清”的习俗，踏青是外出郊游、亲近自然，行清则是一家或一族人约定时间齐齐去上山扫墓，祭拜祖先。

浣溪沙·端午

[宋]苏轼

轻汗微微透碧纨[1]，明朝端午浴芳兰[2]，流香涨腻满晴川。
彩线轻缠红玉臂，小符斜挂绿云鬟[3]，佳人相见一千年。

【注释】

① 碧纨：绿色薄绸。
② 芳兰：芳香的兰花。
③ 云鬟：女子的发髻。

■ 龙舟竞渡

■ 蛋黄咸肉粽

中国人过端午节的习俗由来已久，两千多年前，为了纪念投江的屈原，就有家家包粽子的习俗。这首诗写于苏轼被贬惠州的第二个年头，他将与陪伴自己多年的侍妾朝云相偕共度端午，于是作此词。微微小汗湿透了碧色的细绢，明日端午节用芳兰草沐浴。香粉随水流入江中，晴天的江面上芳香弥漫。五彩花线轻轻地缠在红玉色手臂上，小小的符箓斜挂在耳下的黑色发髻上。诗人与朝云同过端午节，发出天长地久、白头偕老的祈愿。

端午节在每年农历五月初五，是集拜神祭祖、祈福辟邪、欢庆娱乐和饮食为一体的民俗大节。同样的端午节，在不同的诗人笔下呈现出异样的风情。唐代殷尧藩有诗“少年佳节倍多情，老去谁知感慨生。不效艾符趋习俗，但祈蒲酒话升平”，借今昔对比感叹年华已逝，故而诗人连艾草都懒得挂，只喝一杯酒，盼望人生太平；宋代刘克庄抒写“灵均标致高如许。忆生平、既纫兰佩，更怀椒糈”，怀古悼亡，他想起了屈原，在国家危亡时，诗人大力呐喊，发出沉痛的哀鸣；清代陈华泽写“不夺龙标不肯归，漱珠桥外试神机”，刻画端午时节人声鼎沸，水手共迎龙舟赛的豪情。

清初学者屈大均曾在《广东新语》一书中提到“岁五六月间斗龙船”，说的就是广东地区端午节“赛龙舟”的场景。岭南地区形成了一整套起龙、采青、赛龙、藏龙、散龙的仪式，民谚云“四月八，龙船透底挖”，意思就是在农历四月初八把深埋在涌底或池塘里的龙船挖起、洗净、风干，以备赛舟。

中元节过长寿庵感怀

[明]李之世

捣衣惊此月，乡梦起秋砧①。
况值盂兰节，谁无寸草心。
金钱资佛曾，香钵趁禅林②。
复想家堂③荐，遥遥泪满襟。

【注释】
① 秋砧：秋日捣衣的声音。
② 禅林：佛教寺院的别称。
③ 家堂：家中安放祖先神位的屋宇，多借指祖先的神位。

中元是汉族传统节日“三元”之一，是汉族人祭祀亡故亲人、缅怀祖先的日子。秋日降至，妇女的捣衣声在夜晚显得越发响亮，勾起了诗人的乡愁。何况正值盂兰盆节，家乡应当在举行盛大的祭祀仪式，而诗人独自漂泊在长寿庵中，不能与亲友共会，遥想家中亲眷，感怀之情更盛，不禁悲从中来，泪落满襟。

中元节多在七月十四或十五，通过虔诚的祭祀活动，表达慎终追远的情怀，以敬祖尽孝。中元节源于早期的“七月半”农作丰收、秋尝、祭祖，人们举行向祖先亡灵献祭的仪式，把时令佳品先供神享，然后自己品尝，并祈祝来年的好收成。“七月半”被称为“中元节”，是源于东汉后道教的说法。《五杂组》记载：“道经以正月十五日为上元，七月十五日为中元，十月十五日为下元。”佛教则称七月半为“盂兰盆节”。在统治者推崇道教的唐代，道教的中元节开始兴盛，逐渐将“中元”固定为节名，节期设在七月十五日，并相沿迄今。清代巫竹芳有“殽果层层列此筵，纸钱焚处起云烟。满城香烛人依户，一路歌声月在天”句，记录中元祭祀的场景，瓜果分

■ 放河灯

列，香烛燃起，怀亲之情满人间。

在广东，这一天无论贫富都要备下酒菜、香烛和纸钱祭奠先人，以示对先人的怀念。旧时居民们上冥店买来金银纸衣、溪银（冥币）、元宝等冥具，盛于纸袋中加封，俗称“包袱”；择日于午后配上牲醴、果品拜祭祖先，拜毕焚化包袱，俗称“烧衣”；入夜以后，又以各种冥具及水饭、酒菜、香纸等祭于门前，施以无主之鬼魂。祭毕要燃冥具，将祭品留在门外不收回，俗称“烧幽”。

羊城七夕竹枝词

[清]汪鲵

十丈长筵①五色香，香奁金翠竞②铺张③。
可应天上神仙侣，也学人间时世妆。

【注释】

① 长筵：宽长的竹席。

② 竞：争着。

③ 铺张：铺排陈设。

牛郎织女的传说历来令人叹惋，他们相会的日子更被赋予了浪漫的色彩，广州人历来重视七夕，清末民初，此风尤为兴盛。本诗生动形象地描绘出了广州人民七夕节时隆重的仪式。姑娘们各自在家门前或厅堂中摆设八仙桌，插上香烛，点起最好的檀香，将亲手制作的手工艺品配上古董珍玩、鲜花时果和胭脂红粉一起摆设陈列，供人参观欣赏，这就是“摆七娘”。诗人想象天上的仙女也如眼前的姑娘一般，学着人间时新的花样为自己梳妆打扮，实则是夸赞乞巧的女子们姿容殊优，宛若天仙。

乞巧节在农历七月初七，这天晚上，女孩们向织女祈求自己长得美丽，有一双巧手，嫁得一个如意郎君，表达了她们的美好愿望。“金风玉露一相逢，便胜却人间无数”是秦观对七夕佳节的美好描述；“争将世上无期别，换得年年一度来”是李

■ 清·钱慧安《乞巧图》

■ 广州珠村七娘会

商隐写在七夕佳节对亡妻的思念；“家家乞巧望秋月，穿尽红丝几万条”则是林杰描写的民间七夕乞巧盛况。从七月初六至初七，一连两晚，姑娘们穿上新衣服，戴上新首饰，焚香点烛，对星空跪拜，自三更至五更，要连拜七次，称为“迎仙”。拜仙之后，姑娘们手执彩线对着灯影将线穿过针孔，争赛巧手，能一口气穿七枚针孔者叫得巧，而穿不到七个针孔则称输巧。

拥有八百多年历史的广州珠村，素有“中国乞巧第一村”的美誉。每年，珠村各七娘点都会进行一系列传统的七夕民俗活动，包括“巧手巧艺”摆七娘、“焚香虔心”拜七娘、“得巧祈福”送七娘以及“美味新意”七娘饭四大环节，寄托了人们对美好生活的追求与向往。

竹枝词 · 重阳

[清]林葆莹

浮屠[①]七级北山坳，纸鹞[②]参差万影交。
有客流杯池上醉，一葫芦酒杂山肴[③]。

【注释】

① 浮屠：佛塔。
② 纸鹞：风筝。
③ 山肴：用山间猎得的鸟兽做成的菜。

“遥知兄弟登高处，遍插茱萸少一人”，独在异乡的王维为多少后来人曲尽凄清。除登高外，放纸鸢更是南方过重阳节的主要习俗之一，传说，这么做是为了“放晦气”——纸鸢飞得越高越远，则晦气也随之高飞远离，更有甚者，还要专门将线弄断，让风筝消失于云天之外。诗人登高望远，在北面两山间的低下处有一座佛塔矗立，纸鸢的身影在天空参差交错，登高的客人在此享宴祈寿，山肴、美酒和此间佳景都令人心醉。

■ 明 · 徐渭《风筝图》

重阳节在每年农历九月初九，九九归真，一元肇始，古人认为九九重阳是吉祥的日子。在重阳节，古人有登高、插茱萸、祭祖等习俗，这些生活片段构成了华夏儿女共同的节日记忆。唐代杜牧因与友人都怀才不遇，同病相怜，在《九日齐山登高》中写下“江涵秋影雁初飞，与客携壶上翠微。尘世难逢开口笑，菊花须插满头归”，表达人生多忧、生死无常的悲哀；唐代客居西蜀的王勃与友人一起登玄武山遥望故乡，在《蜀中九日》中云“九月九日望乡台，他席他乡送客杯”，用他乡送客来衬托诗中人思乡的情怀；宋代李清照深深思念着远行的丈夫，在《醉花阴 · 薄雾浓云愁永昼》中言“莫道不销魂，帘卷西风，人比黄花瘦”，对菊洒泪，感慨自己比菊花还瘦，寄寓了缠绵的相思。

■ 菊花酒

古时广东重阳的风俗丰富多样：南雄府则请茅山道士建王母会，想求取子嗣的青年妇女都会前来参加；在阳江，人们放纸鸢并系藤弓于其上，在半空中声音十分嘹亮；临高县民则选择早起，大家齐声高喊“赶山猫”，以此为安和富利之吉兆。

羊城竹枝词·中秋

[清]陈勉襄

中秋佳节近如何，饼饵①家家馈送多。
拜罢②嫦娥斟③月下，香芋啖遍更炒螺。

【注释】

① 饼饵：饼类食品的总称。

② 罢：完毕。

③ 斟：往杯子或碗里倒。

“冬唔饱，夏唔饱，八月十五食餐饱”，一轮圆月象征着团圆，寄托了人们对故乡、亲人的思念之情，而对于广东人而言，“拜月光”前那一大桌子菜也是一大诱惑。诗人写广州中秋食俗，特意点出了月饼、芋头、田螺这三道老广中秋宴席上必不可少的主角。拜月娘的供桌上，祭品中的熟芋头颇具传奇性，清顺治《潮州府志》云“中秋玩月，剥芋食，谓之‘剥鬼皮’”，剥鬼而食之，寓意辟邪消灾，“芋头”有“余头”的谐音，表达了人们希望年年有余的心情，且在粤语中，“芋

■ 烧禾楼

头”与“护头”谐音，更有阖家团圆平安的寓意。

中秋节在农历八月十五，与春节、清明节、端午节并称为中国四大传统节日。中秋源自对天象的崇拜，由秋夕祭月演变而来，后逐渐演化为赏月、颂月等活动。中秋赏月风俗在唐代的长安一带极盛，许多诗人的名篇中都有咏月的诗句，并将中秋与嫦娥奔月、吴刚伐桂等神话故事联系起来，使之充满浪漫色彩，玩月之风方才大兴。“我欲乘风归去，又恐琼楼玉宇，高处不胜寒”，苏轼的思亲之情传唱千年，更有“但愿人长久，千里共婵娟”句安慰孤单的后来人；“老子高歌，为问嫦娥，良夜恹恹，不醉如何？”张养浩引吭高歌，对月起舞，只问月中的嫦娥，这般良夜美景，何不纵情一醉？

在广东一些地方，中秋节有一种富有情趣的传统风俗，叫“树中秋”。“树”亦作“竖”，即将灯彩高竖起来之意，所以也叫“竖中秋”。小孩子们在父母的协助下用竹纸扎成兔仔灯、杨桃灯或正方形的灯，横挂在短竿中，再竖起于高竿上，高举起来，彩光闪耀，为中秋再添一景。

广州花都至今保留着中秋“烧禾楼”的习俗。禾楼由砖石等材料搭建而成，外部镂空，内部中空，顶部敞口，形似塔状，通常高达数米，塔内放有木柴、禾秆草等作为燃料。中秋夜里，人们点燃禾楼，整座禾楼顿时如高耸的火炬，火花从塔顶喷薄而出，映红天际。当地村民有句俗语：“火烧旺地，越烧越旺”。禾楼火花越高，寓意着来年日子越旺。相传“烧禾楼”这种习俗起源于元朝末年，当地百姓为反抗元兵，相约在中秋节这天在宝塔的顶层点火为号共同起事。虽然最终反抗失败，但是“烧禾楼”这一习俗却保留下来。

潮阳竹枝词 · 游神

[清]陈作舟

为赛灵神沸管笙，衣香人影簇①春城。
窥②人恐被人窥去，扇底秋波③半角明。

【注释】

① 簇：聚集。

② 窥：暗中察看。

③ 秋波：秋水的波纹，形容美人的眼睛。

■ 游神赛会

浙江绍兴乡村的社戏经鲁迅先生的文章美名远扬，无独有偶，岭南亦有迎神活动。人们在新年期间或其他喜庆节日里，又或诸神圣诞的这一天，到神庙里将行身神像请进神轿里，然后抬出庙宇游境，接受民众的香火膜拜，寓意神明降落民间，巡视乡里，保佑全境平安。游神沿途伴随有锣鼓、神偶、飘色、八音等丰富多彩的艺阵表演，歌舞喧嚣，人们在街头巷尾摩肩接踵，兴奋地参与着、观赏着这场盛会。在人群之中，少男少女心思浮动，暗暗地窥探心上人的踪迹，眉目传情，秋波荡漾。

自古以来，游神都是民间习俗、艺术及民族文化集中展示与交流的载体。为了举行好游神活动，游神队伍会提前一个多月进行筹备和排练，组织者要认真挑选村里符合要求的男女老少组成游神队伍，参与人员要负责抬神像、执镖旗、锣鼓演奏等，各司其职，形成一支专业有序的游神队伍。唐代刘禹锡写《阳山庙观赛神》诗，有“荆巫脉脉传神语，野老婆娑起醉颜”句，摹写巫祝请神传语的神态动作；清代纳兰性德《蝶恋花 · 散花楼送客》词有“行宿黄茅山店路，夕阳邨社迎神鼓”句，描画送别友人路上所见。

“啵哩啵，营神正二月”，此谚指的是说归说，真干起来还不知道哪年哪月呢。谚语反映了潮汕地区在正月和二月(尤其是正月)各地游神赛会的习俗。游神在潮汕地区又称“游神赛会”“营老爷”，“营”为潮州方言用词，有“回绕”和“畛域”的意思，具有净土驱邪、保境平安、祈求丰登的民俗意义。

致谢

“雅藏岭南”丛书出版过程中，得到了多方助力，尤其在图片搜寻和提供方面。

因丛书编写先举纲后选目，再按迹以索图，其间幸赖南方日报视觉中心，南方日报汕头分社、梅州记者站、惠州分社、江门分社、湛江分社、清远分社、揭阳记者站，南方都市报的大力支持，深为铭感，特致谢忱！

由于供图来源多端，在书中未能一一注明，谨此具名以致谢（排名不分先后），挂一漏万处，敬请见谅！

《诗词里的岭南》：图虫创意、视觉中国、Fotoe、雅昌文化等。

《古画里的岭南》：广东美术馆、广州艺术博物院（广州美术馆）、雅昌文化、佃锐东等。

《古建里的岭南》：视觉中国、Fotoe、图虫创意、丹灶镇宣传文体旅游和教育办公室、阳江日报社、惠阳高级中学，张声金、程建军、徐佩英、刘再扬、谢锦树、黄其营等。

《节庆里的岭南》：广东省摄影家协会、云浮日报社、容桂街道办事处、视觉中国、汇图网、图虫创意，谢锦树、冯文超、麦树钿、郑健邦、苏润、郑坚、郭怀忠、李程、黄华养、龙建平、汤跃范、黄庆明等。

本丛书编写历时较长，文图改易频多，部分方家的供图因篇目删改未能选入，殊深歉疚，亦请谅宥。丛书内容涉及文学、艺术、建筑、民俗、历史诸多专业领域，疏舛之处在所难免，请读者方家指正。

《雅藏岭南》编委会

2024年6月